人的人間

劉鄭

二零一八年七月

人的人間 / 劉鄭 著. — 香港：紅出版，2018.9
ISBN 978-988-8568-16-1
Ⅰ.①人… Ⅱ.①劉… Ⅲ.①生命哲學—文集 ②楷體—中國書法
Ⅳ.①B083 ②J292.33

人的人間

The Human World of The People

作　　者：劉　鄭

出版發行：紅出版
地　　址：香港灣仔道 133 號卓凌中心 11 樓
出版計畫查詢電話：(852) 2540 7517
網　　址：http://www.red-publish.com
電　　郵：editor@red-publish.com

香港總經銷：香港聯合書刊物流有限公司

規　　格：16 開本，9.25 印張
版　　次：2018 年 10 月第 1 版
印　　次：2018 年 10 月第 1 次印刷
書　　號：ISBN 978-988-8568-16-1
定　　價：港幣 66.00 元正

作者於旅途中留念

我之德

何為德
舊之謂德
據之以物
或得或棄
我皆以為私
我之謂德
人至上有德
失之無德
是德在人間
亦在神之天

何為德

【正文】

何為德？舊之謂德，據之以物，或得或棄，我皆以為私。我之謂德，人至上有德，失之無德。是德在人間，亦在神之天。

【白話】

什麼是德？過去人們談到德，往往都在物質的基礎上看，或者得到利益，或者失去利益，這些都是為私的。我所說的德，把人放在第一位是有德，否則就是無德。我說的德是真正的德，不僅在人間是這樣，在包括神的天地中，也是這樣。

目錄

我之德

第一篇　人間

人的人間
人為主
而萬物從之
亂世
人以為主
實則人從於物
亂必終於正
使亂世復歸於
人的人間
曰歸正

第一章　人的人間

【正文】

人的人間，人為主，而萬物從之。亂世，人以為主，實則人從於物。亂必終於正。使亂世復歸於人的人間，曰歸正。

【白話】

人的人間，應該人是主，萬事萬物都是跟人的，是為人而生而用的。而人間變得混亂了以後，人就不能做主了，那時人以為自己是主，實際上人已變成物質或利益等的隨從。人應有的秩序，終將結束混亂的局面。把混亂的世間，恢復成為人的人間，叫做歸正。

人非人
物非物
人皆惡之
然奈之何
昔多聖賢
身教立言
亦難阻亂世
誰有何寶
將為天下先
而正亂世

第二章　人非人

【正文】

人非人，物非物，人皆惡之，然奈之何。昔多聖賢，身教立言，亦難阻亂世。誰有何寶，將為天下先，而正亂世？

【白話】

要是人沒有人的樣子，物質不是物質該有的位置，人們都會厭惡那樣的局面，但又能有什麼辦法呢？過去有許多聖賢，言傳身教，可是也難以阻擋亂世的到來。那麼誰有什麼本領，能夠先為天下，而開始歸正亂世，成為人的人間呢？

若欲人為主
然人何以為主
科技經濟
衆多制度
更兼神佛無數
若人皆不能及
焉可以為主
果有皆能者
萬物之源所處
創世主親臨也

第三章　若欲人為主

【正文】

若欲人為主，然人何以為主？科技經濟，眾多制度，更兼神佛無數，若人皆不能及，焉可以為主？果有皆能者，萬物之源所處，創世主親臨也。

【白話】

即使真的希望人成為萬物之主，但是人憑什麼才能做到呢？今天的世間，既有科技和經濟，許多制度，還有各種無數對神佛的信仰，如果人還不如這些，那麼人憑什麼成為萬物之主呢？如果真的能超越今天人類社會中的一切，應該只有萬物的來源，創世主親自降臨才行了。

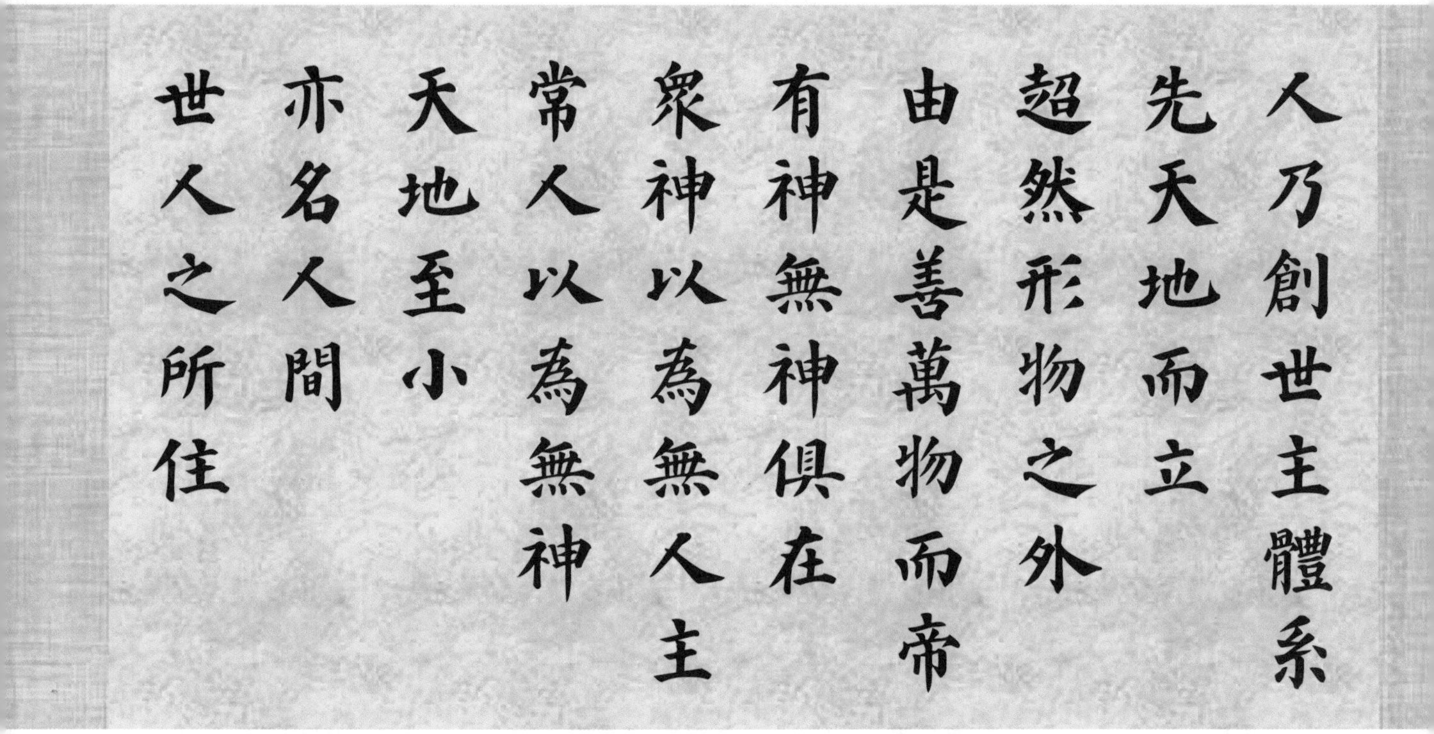
人乃創世主體系
先天地而立
超然形物之外
由是善萬物而帝
有神無神俱在
衆神以為無人主
常人以為無神
天地至小
亦名人間
世人之所住

第四章　人乃創世主體系

【正文】

人乃創世主體系。先天地而立，超然形物之外，由是善萬物而帝。有神無神俱在，眾神以為無人主，常人以為無神。天地至小，亦名人間，世人之所住。

【白話】

人是創世主的體系。真正的人，在天地存在以前就存在了，完全超越出人們今天能夠所見所想的一切物質和形態，所以真正的人才能善待萬物，並且能夠成為一切的主宰。有神和無神的空間，都是存在的，只不過眾神不知道更高的主是真正的人；而在神沒有出現的空間中，人們看不到神，就認為神不存在。天地有大有小，最小的地方也叫人間，這是世人所居住的地方。

人為主則人歸位
萬物亦歸位
天下自居於道
民福而得豐
祛病練術之能
可為不可以為大
不然求利從於物
病已甚矣
安可得生生之息
大治若未治

第五章　人為主則人歸位

【正文】

人為主則人歸位，萬物亦歸位，天下自居於道，民福而得豐。祛病練術之能，可為，不可以為大。不然求利從於物，病已甚矣，安可得生生之息？大治若未治。

【白話】

人能夠成為主，人歸位了，萬物也會跟著歸位，整個天下都能自然歸位而在道中，這時人們生活自然，又能滿足志向。這是從根本上解決問題。而祛病健身或者學練什麼本事，這些職能的事可以做，但不能作為第一位去追求。不然的話，成為追求物質第一、被物質控制，那已病得很嚴重了，怎麼還能有生命鮮活的生活氣息呢？真正從根本上解決問題，不一定在職能上直接解決，這樣反而表面上似乎沒有解決什麼一樣。

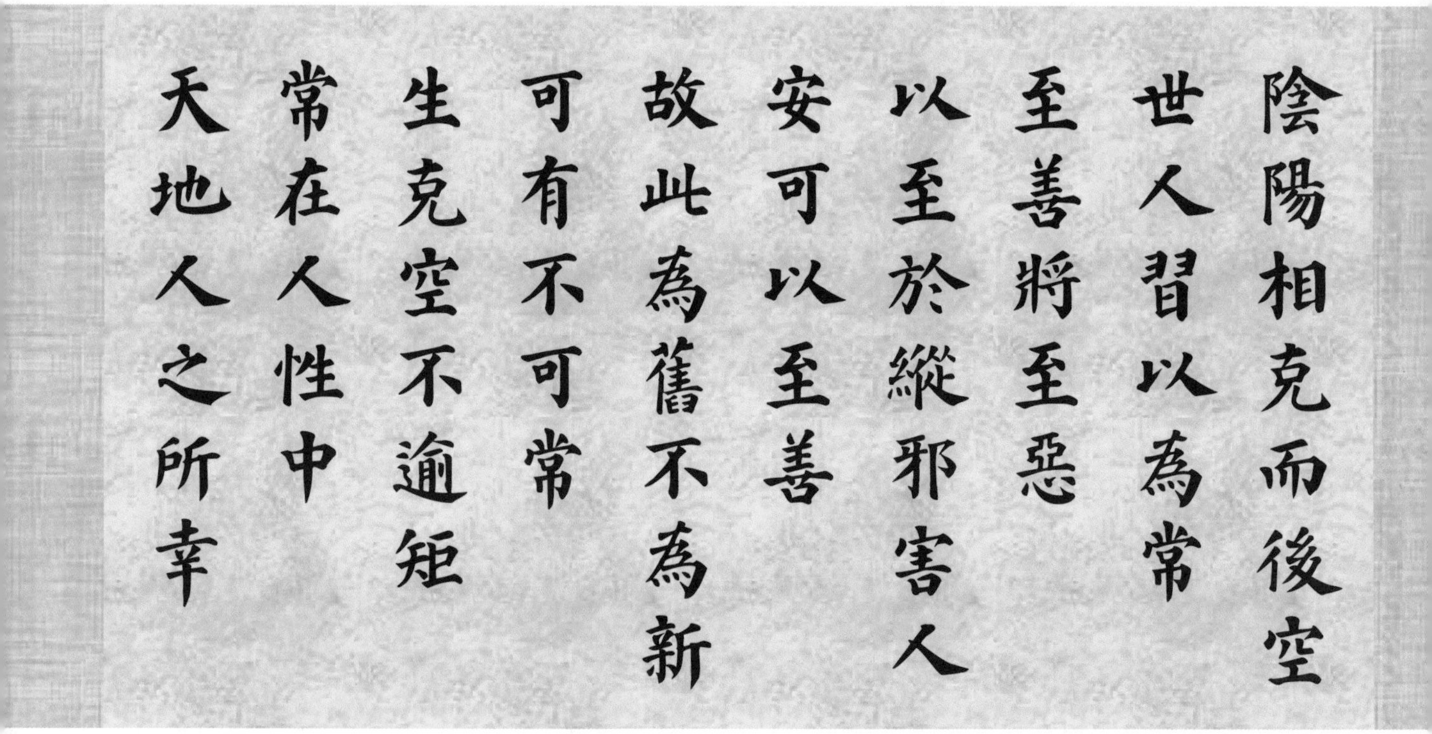
陰陽相克而後空
世人習以為常
至善將至惡
以至於縱邪害人
安可以至善
故此為舊不為新
可有不可常
生克空不逾矩
常在人性中
天地人之所幸

第六章　陰陽相克而後空

【正文】

陰陽相克而後空，世人習以為常。至善將至惡，以至於縱邪害人，安可以至善？故此為舊不為新，可有不可常。生克空不逾矩，常在人性中，天地人之所幸。

【白話】

陰陽相生相克，到了最後就是空無，過去人們習慣地以為，這是絕對永恆的真理。如果是這樣的話，至善來時，至惡也會到來，甚至到了縱容邪惡害人的地步，那還能有至善嗎？所以說，絕對化的陰陽生克的空理，是舊的理，不是新的理；陰陽生克的空理，可以存在但不能決對永恆化。陰陽生克的空理，永遠在人性的範圍內，這才是天地人的幸福所在。

人的本性至上
令人所以不足
有為他
亦執於私
有人性
亦陷於非人性
去非至純
方為人的本性
故以無私而有
令人能歸正

第七章　人的本性至上

【正文】

人的本性至上。今人所以不足，有為他，亦執於私；有人性，亦陷於非人性。去非至純，方為人的本性。故以無私而有，今人能歸正。

【白話】

人的本性才是第一位的。今天的人之所以有不足，是因為既有無私為他的一面，又有執著於私的一面；既有人性的一面，又有非人性的一面。今天的人們，如果能夠去掉非人性的一面，達到純淨的人性，這才是人的本性，這才是我說的人性。達到人的本性的人，才是真正的人；這樣的人自然是第一位的，這才是我說的『人是第一位的』。所以說，通過無私而擁有自己的一切，這樣今天的人就能夠歸正。

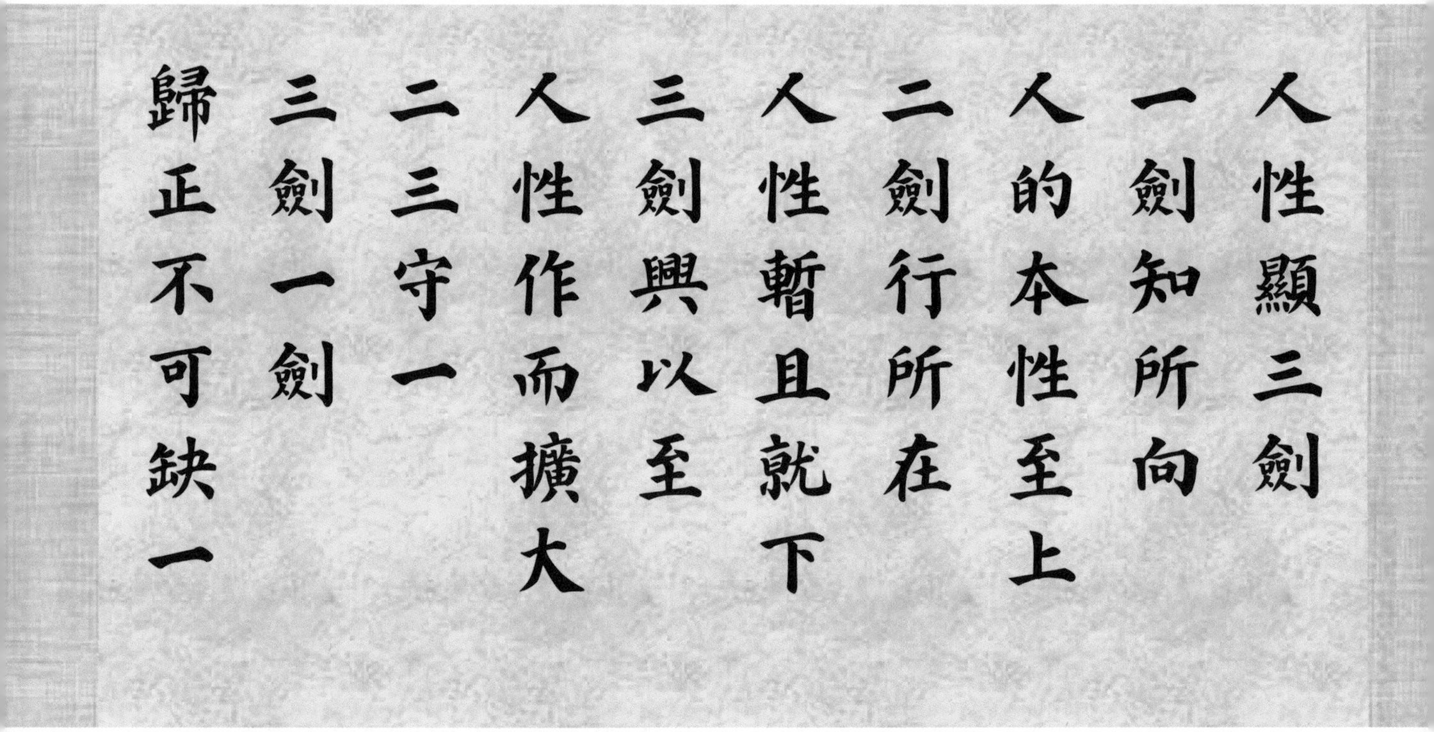
人性顯三劍
一劍知所向
人的本性至上
二劍行所在
人性暫且就下
三劍興以至
人性作而擴大
二三守一
三劍一劍
歸正不可缺一

第八章　人性顯三劍

【正文】

人性顯三劍。一劍知所向，人的本性至上；二劍行所在，人性暫且就下；三劍興以至，人性作而擴大；二三守一，三劍一劍，歸正不可缺一。

【白話】

人性有三劍的展現。第一劍『人的本性至上』，這是正確的方向；第二劍『人性暫且就下』，從當前實際出發，遇到人性成度較低的，可以有暫且就下的過程；第三劍『人性作而擴大』，從現狀走向正確的方向，必須有所為才行。第二劍和第三劍都以第一劍為依託才能成立，這樣三劍才是一劍。在歸正的過程中，三劍缺一不可。

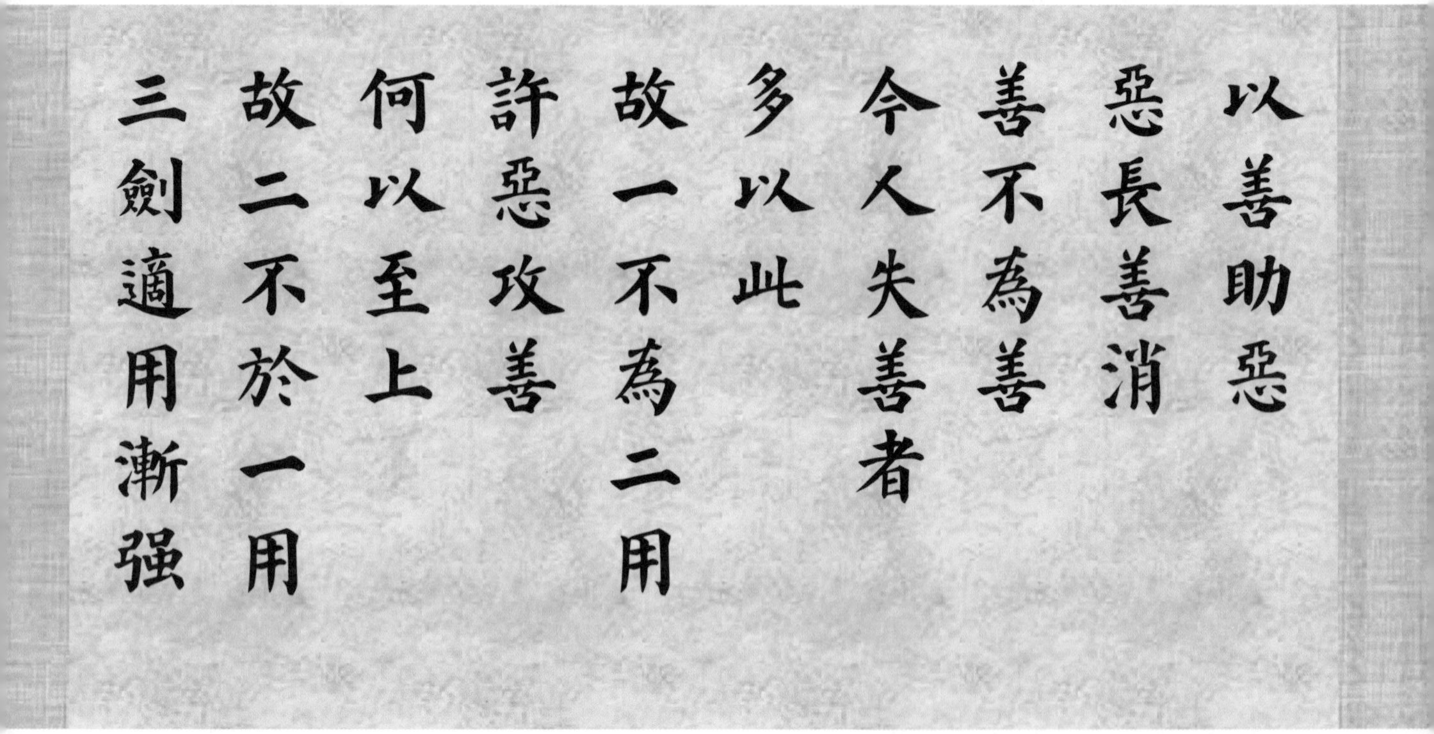
以善助惡
惡長善消
善不為善
今人失善者
多以此
故一不為二用
許惡攻善
何以至上
故二不於一用
三劍適用漸强

第九章　以善助惡

【正文】

以善助惡，惡長善消，善不為善。今人失善者，多以此。故一不為二用。許惡攻善，何以至上？故二不於一用。三劍適用漸強。

【白話】

用善去幫助惡，讓惡不斷滋長而消滅了善，這樣的善不是善。這是今天許多人失去善心的重要原因。所以說，第一劍不能在第二劍環境中用，否則第一劍會消失。如果允許惡攻擊人性善的一面，而沒有維護『人的本性至上』，就不能證實到『人的本性至上』。所以說，第二劍不能在第一劍環境中用。三劍運用得當，才能逐漸強大起來。

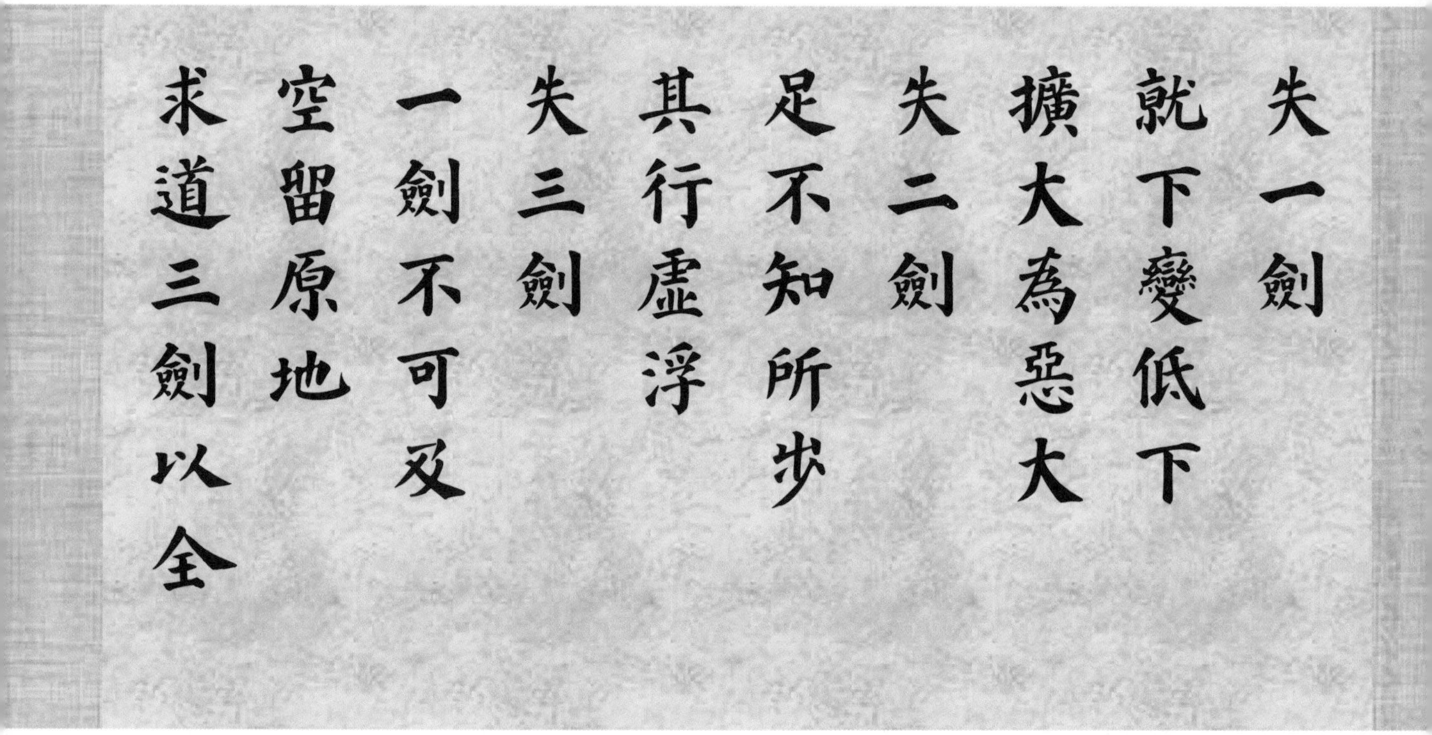
失一劍
就下變低下
擴大為惡大
失二劍
足不知所步
其行虛浮
失三劍
一劍不可及
空留原地
求道三劍以全

第十章　失一劍

【正文】

失一劍，就下變低下，擴大為惡大；失二劍，足不知所步，其行虛浮；失三劍，一劍不可及，空留原地。求道三劍以全。

【白話】

如果沒有第一劍，第二劍『人性暫且就下』就只是形式上的樣子，不是『就下』，而會變成『低下』。同時，沒有第一劍的第三劍『人性作而擴大』，方向都錯了，也不是擴大人性因素，而是變成擴大不好的非人性因素；如果沒有第二劍，看不到眼前的實際情況，走路都不知道從哪里起步，這樣就走不穩，顯得虛浮；如果沒有第三劍，不能有所為地付諸行動，只是原地踏步，那麼還是零，第一劍就會顯得遙不可及。所以說，求道必須三劍都有，三劍不全，必有執著。

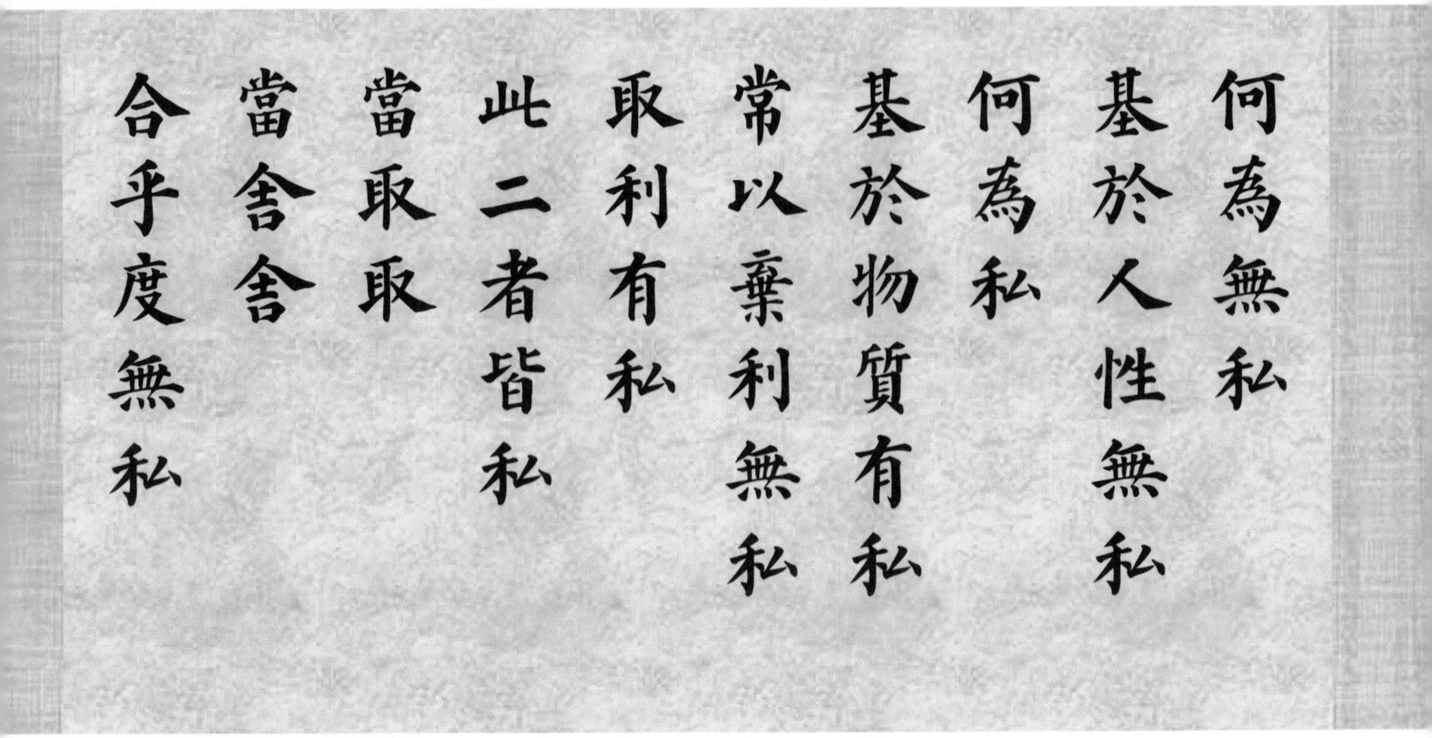
何為無私
基於人性無私
何為私
基於物質有私
常以棄利無私
取利有私
此二者皆私
當取取
當舍舍
合乎度無私

第十一章　何為無私

【正文】

何為無私？基於人性無私。何為私？基於物質有私。常以棄利無私，取利有私，此二者皆私。當取，取；當舍，舍。合乎度無私。

【白話】

什麼叫無私？基於人性，在人性的基礎上，無論怎麼做都是無私的。什麼是私？基於物質，在物質的基礎上，無論怎麼做都是有私的。人們常常認為能放棄利益，就是無私；只要獲取利益了，就是有私。實際上這兩種觀點，都是以私為基點、基於利益去考慮的。該獲取利益時，就獲取利益；該放棄利益時，就放棄利益。只要符合真正人的度，在人性的基礎上，都是無私的。

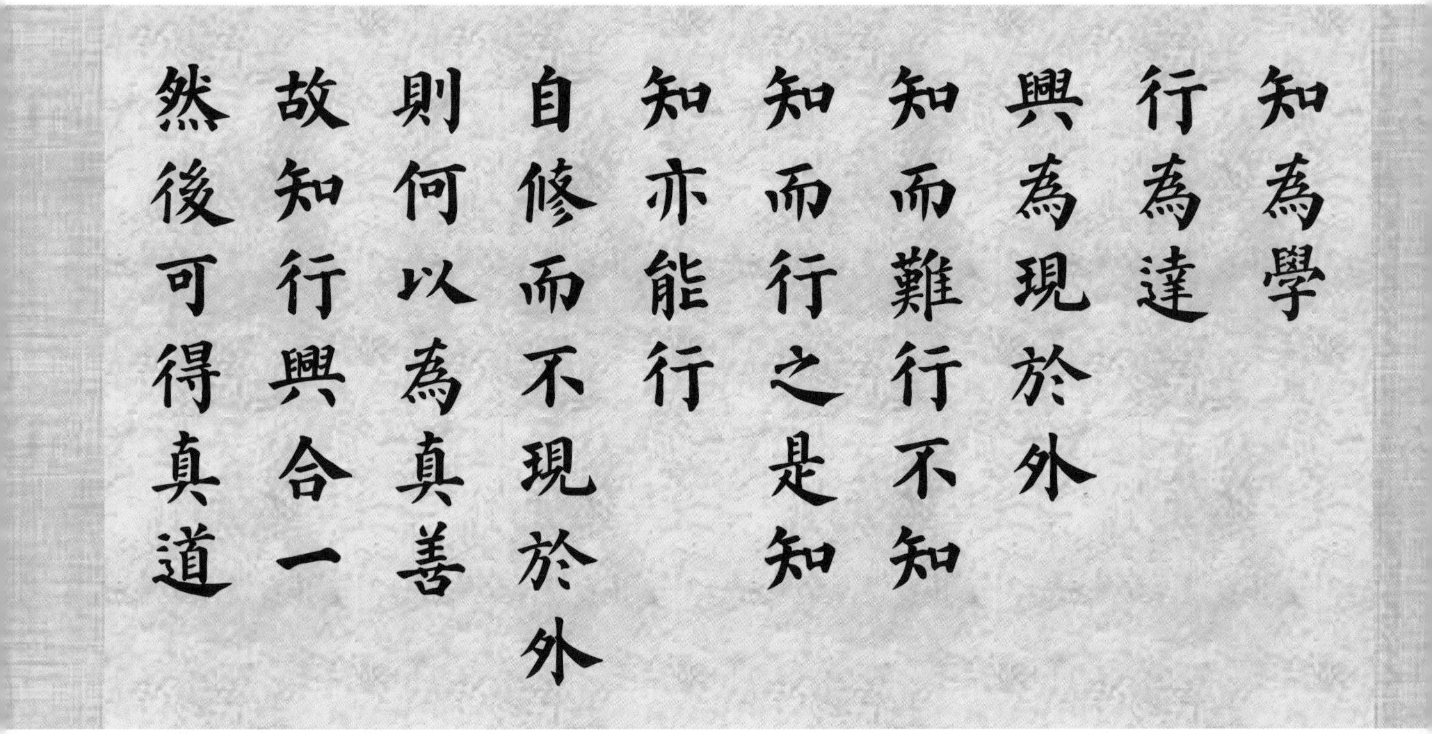
知為學
行為達
興為現於外
知而難行不知
知而行之是知
知亦能行
自修而不現於外
則何以為真善
故知行興合一
然後可得真道

第十二章　知為學

【正文】

知為學，行為達，興為現於外。知而難行不知，知而行之是知。知亦能行，自修而不現於外，則何以為真善？故知行興合一，然後可得真道。

【白話】

知是學習，行是做到，興是能夠展現出來。只是學習卻很難去做到，那不是真的知道；既知道也能做到，但只是自修而不能展現到表面來，這樣會變成只是自己提高，也談不上歸正人間，那麼真正的善又怎麼表現呢？所以要學習、做到、並展現到最表面，然後才能得到真道。

人之有
民何以生
曰大仁生活
大仁之言
信以證三劍
大仁之勢
應而得新路
大人如凡
尊將知人間
享大仁生活

第十三章　人之有

【正文】

人之有，民何以生，曰大仁生活；大仁之言，信以證三劍；大仁之勢，應而得新路；大人如凡，尊將知人間，享大仁生活。

【白話】

作為人最應該有的，是作為人如何生活，可以叫做大仁生活。大仁所說的，應該能讓人們證實三劍而得到大仁；如果人們順應大仁的形勢，可以走上新的道路；真正具備大仁的人，看起來很普通，如果人們能夠像尊敬師上一樣來尊重他，可以知道什麼是真正的人間，並體驗到大仁生活。

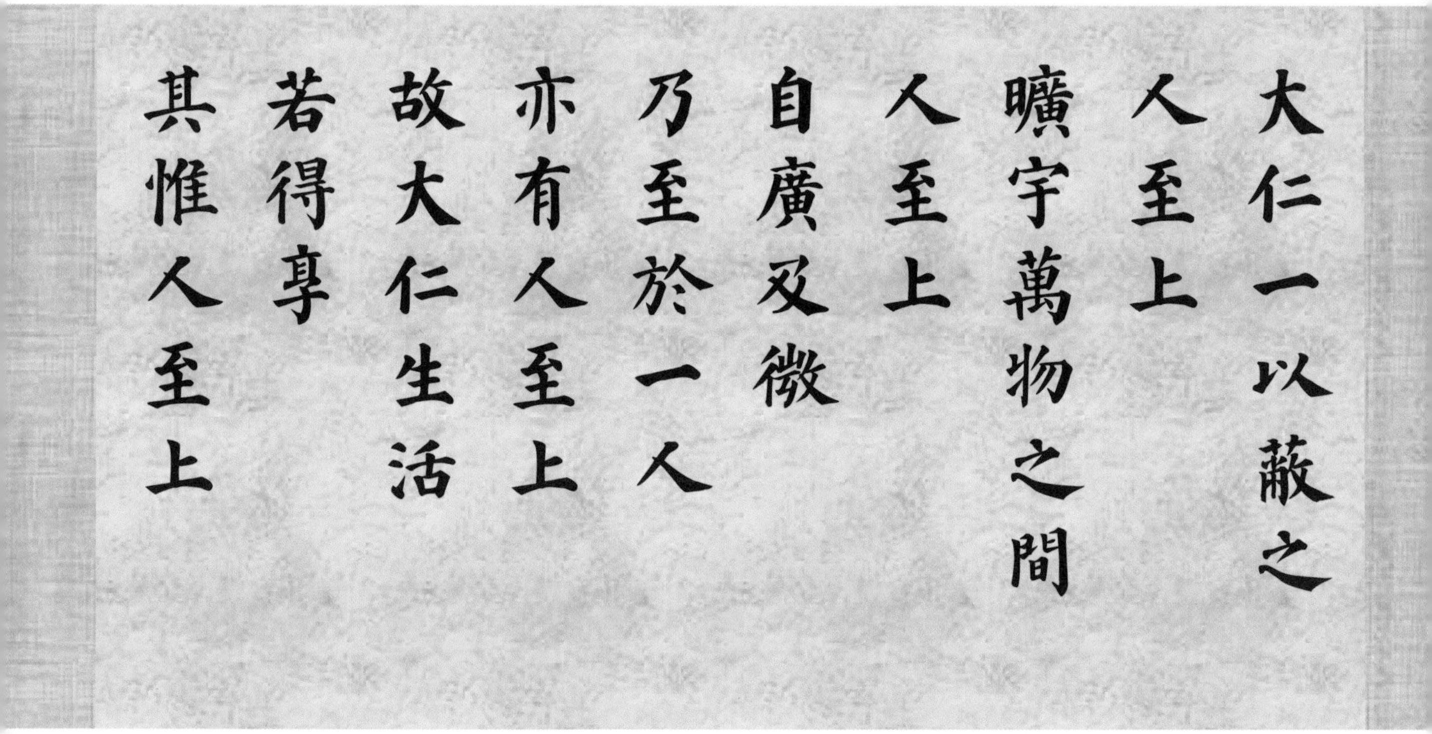
大仁一以蔽之
人至上
曠宇萬物之間
人至上
自廣及微
乃至於一人
亦有人至上
故大仁生活
若得享
其惟人至上

第十四章　大仁一以蔽之

【正文】

大仁一以蔽之，人至上；曠宇萬物之間，人至上；自廣及微，乃至於一人，亦有人至上；故大仁生活，若得享，其惟人至上。

【白話】

我說的『大仁』，用一句話概括，就是『人是第一位的』。在浩瀚的曠宇之間，人是第一位的；在紛繁的萬物之中，人是第一位的；從最廣大到最細微，都有『人是第一位的』體現；『人是第一位的』甚至在一個人這裡，也有他的體現，這樣必然有一個人是第一位的。所以說，如果世間必須有大仁生活存在，那麼只有讓大仁的人來到世間才行。

第二篇　天地

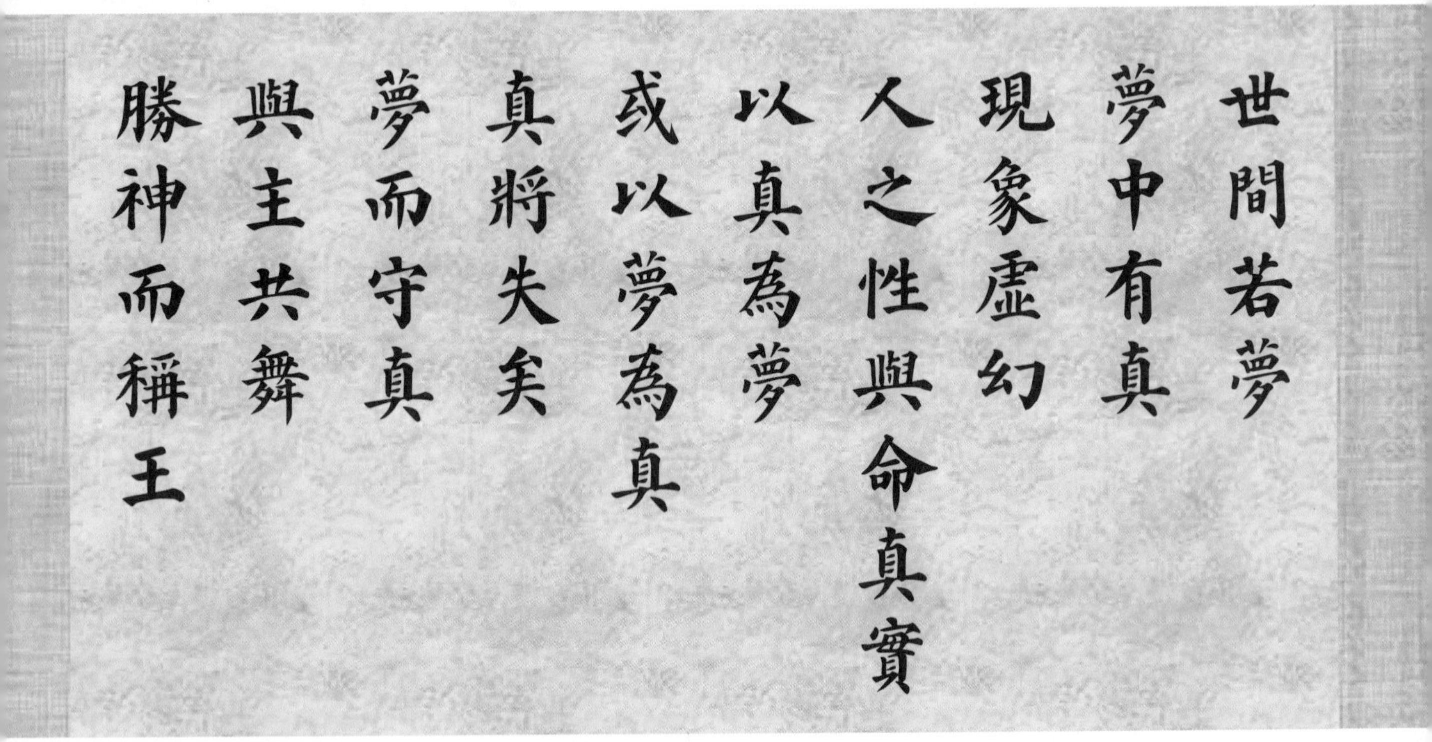
世間若夢
夢中有真
現象虛幻
人之性與命真實
以真為夢
或以夢為真
真將失矣
夢而守真
與主共舞
勝神而稱王

第十五章　世間若夢

【正文】

世間若夢，夢中有真。現象虛幻，人之性與命真實。以真為夢，或以夢為真，真將失矣。夢而守真，與主共舞，勝神而稱王。

【白話】

世間像是夢境，但這夢境中有真東西。相對真東西，世間現像是虛幻的，而里面的人性和來到夢中的生命，卻是真東西；如果把真東西當作是夢幻，或者只把夢幻現象作為真東西，那麼真東西就會丟掉，他的人性和人命都將消亡。夢中表現的心性是真實的。如果即使在夢中，也能夠牢牢地守住真東西，做自己的主，去開創人的人間，那麼他做得就很扎實了，而且是經受住了神都沒有經歷過的考驗，所以將來，他就無愧於成為真正厲害的角色。

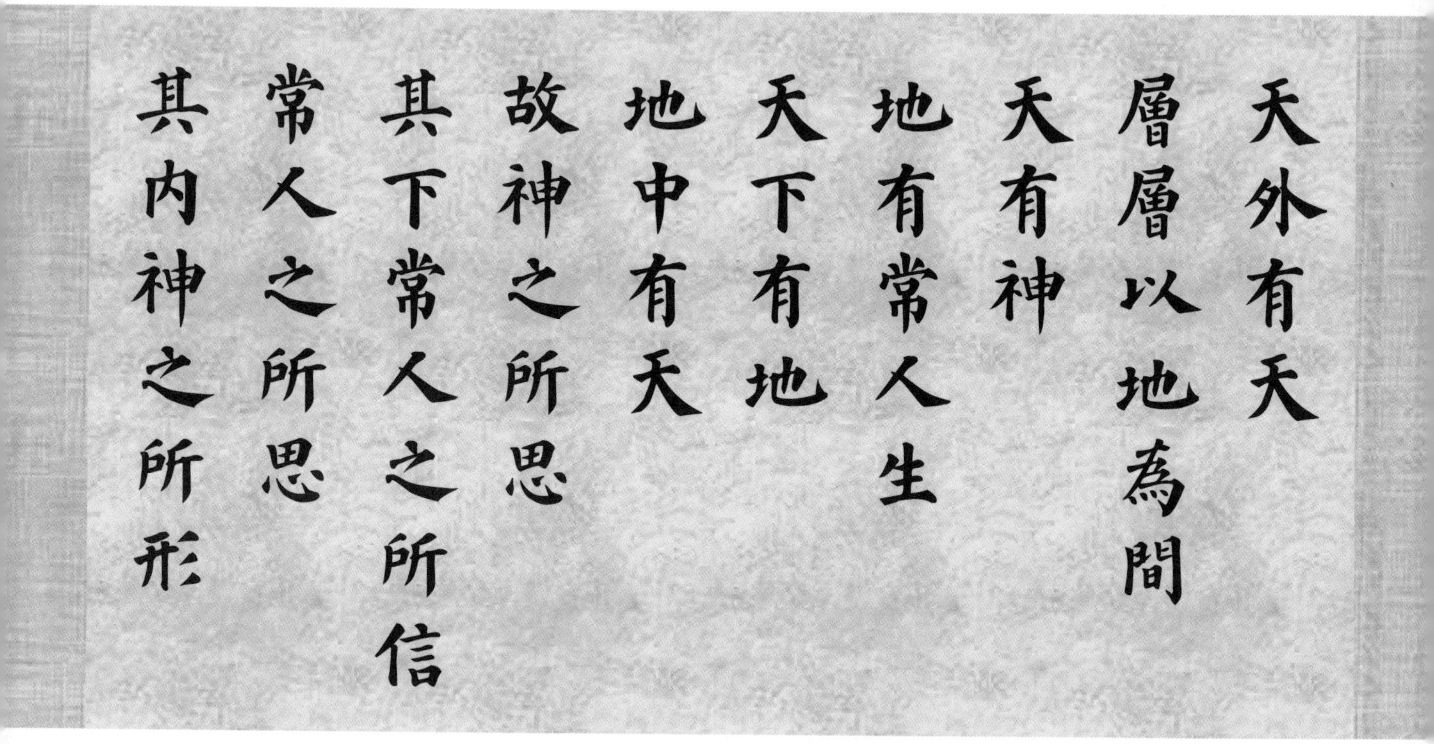
天外有天
層層以地為間
天有神
地有常人生
天下有地
地中有天
故神之所思
其下常人之所信
常人之所思
其內神之所形

第十六章　天外有天

【正文】

天外有天，層層以地為間。天有神，地有常人生。天下有地，地中有天。故神之所思，其下常人之所信；常人之所思，其內神之所形。

【白話】

每一層天外還有天，每一層的天之間，有對應的地作為間隔。不同的天上有不同的神，每層天對應的地上有不同的常人生活著。每一層的天下面都是地，每一層地中又是下一層的天。所以說，每一層天的神的特性，都是那層天對應的地上的常人所信仰的；每一層常人所能想到的，也是其內神的一些體現。什麼思想都有物質基礎。

天似柱兮
高聳入雲
柱底之心名三界
三界之天
佛道與衆仙
柱內層層天與地
神性各迥異
天之柱
因人起
柱外有人立

第十七章　天似柱兮

【正文】

天似柱兮，高聳入雲，柱底之心名三界。三界之天，佛道與眾仙。柱內層層天與地，神性各迥異。天之柱，因人起，柱外有人立。

【白話】

天好象巨大的柱子一樣，一層層不斷更微觀更宏大，柱子底部的中心位置，叫做三界。三界所對應的天里面，有佛道和眾仙。柱子里面層層的天地中，生活的神的特點都有不同。這個天柱，是因為人而存在的，人在柱子的外面。

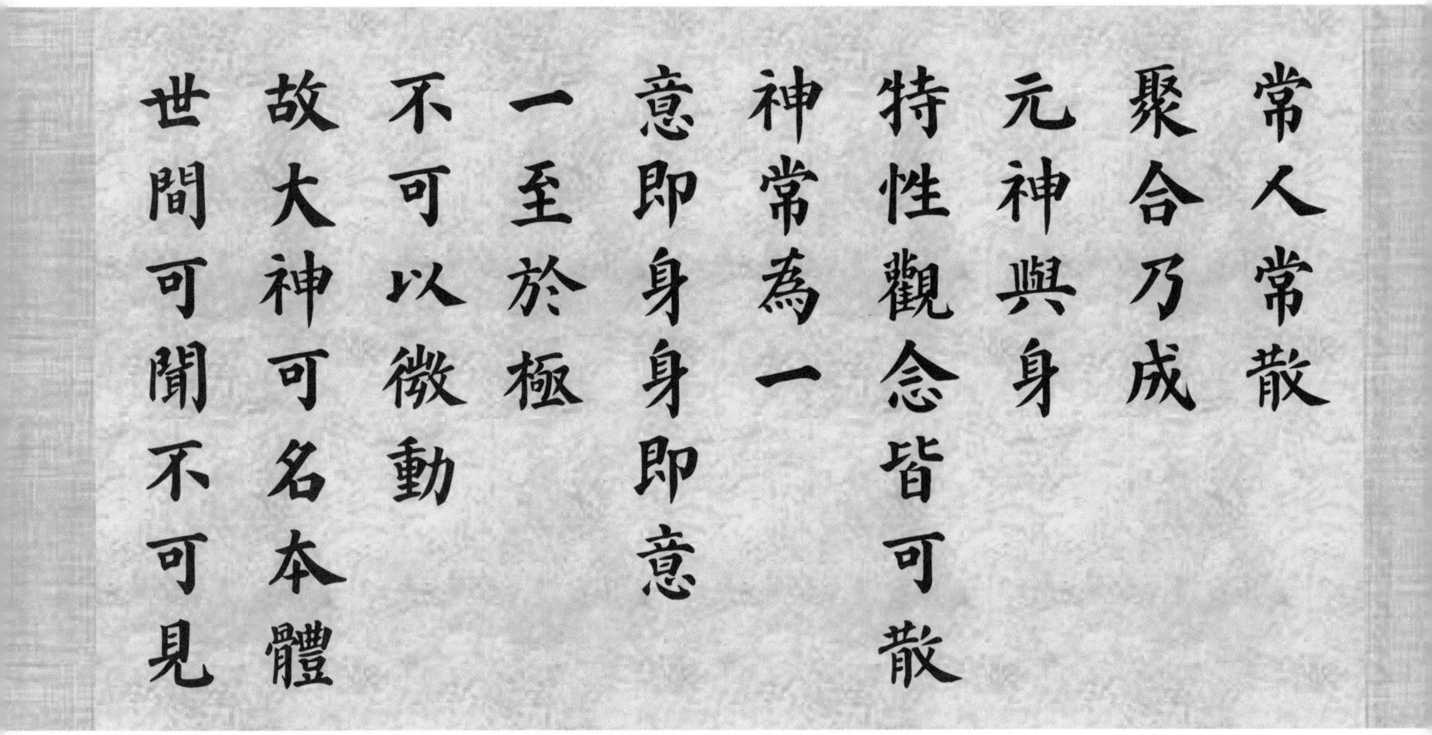
常人常散
聚合乃成
元神與身
特性觀念皆可散
神常為一
意即身身即意
一至於極
不可以微動
故大神可名本體
世間可聞不可見

第十八章　常人常散

【正文】

常人常散，聚合乃成。元神與身，特性觀念皆可散。神常為一，意即身，身即意，一至於極，不可以微動，故大神可名本體，世間可聞不可見。

【白話】

常人通常是由分離散開的部分，聚合在一起形成的。比如元神和身體、特性和觀念，這些都可以是分離的。而神通常是一體的，神的意念就是身體，身體就是意念。這種一體達到了極致時，就一點也不能改動，沒有一點能夠分離。所以很高的神可以叫做本體，本來就是那樣的狀態，變動一點就不是本體了。這種狀態在世間可以聽說，但卻見不到，因為他的狀態不會到世間這裡來。

佛道常空無
佛道之徒為空無
本體常一體
本體之徒為一體
故為一體亦信神
此神非彼神
常人以為神大
大神以神為常人
故神與常人
相異而同

第十九章　佛道常空無

【正文】

佛道常空無，佛道之徒為空無；本體常一體，本體之徒為一體。故為一體亦信神，此神非彼神。常人以為神大，大神以神為常人。故神與常人，相異而同。

【白話】

佛道中常講空和無，所以佛道的修煉者修行空和無的境界；本體這樣的神，常是一體的狀態，所以信仰本體神的修煉者，也會嚮往一體狀態，比如眾人團結得好像一個人。所以嚮往一體的人也是信神的，只不過他們所信仰的本體神，不是普通佛道這樣的神。常人認為佛道這樣的神是最高的了，可是更高的神看人們認為的神，也覺得是常人。雖然神和常人看起來很不同，但在不同角度看，神也是常人，常人在螻蟻的眼中也很神了，所以神和常人也有相通的一面。

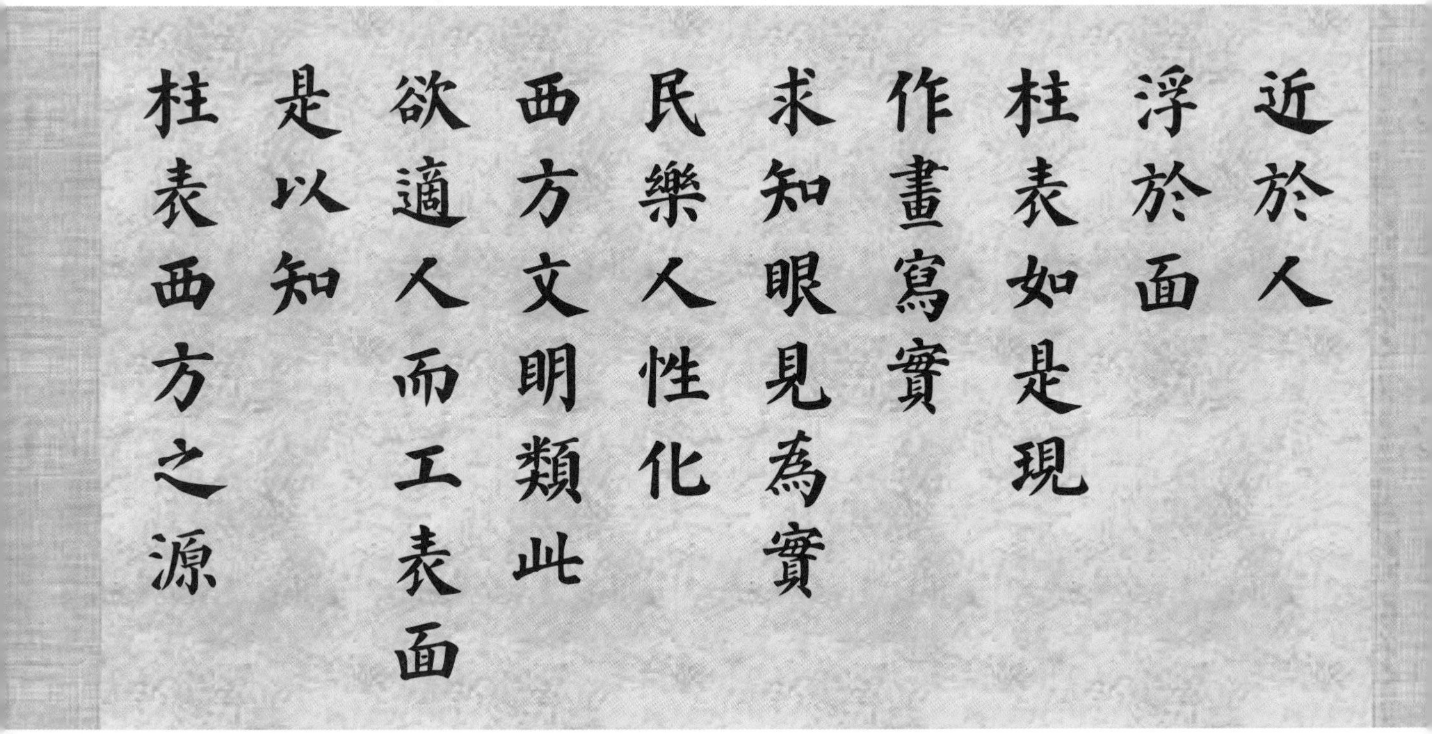
近於人
浮於面
柱表如是現
作畫寫實
求知眼見為實
民樂人性化
西方文明類此
欲適人而工表面
是以知
柱表西方之源

第二十章　近於人

【正文】

近於人，浮於面，柱表如是現。作畫寫實，求知眼見為實，民樂人性化。西方文明類此，欲適人而工表面。是以知，柱表西方之源。

【白話】

很接近人，又在表面，天柱的表面展現著這樣的特點。西方文明中有這些類似的表現：畫畫有寫實的特點；學習探索時，肉眼看到的才覺得實在；人們都喜歡追求人性化。所以在西方文明中，做事想要儘量適合人，而且在表面物質形式上用工夫，這和天柱表面的特點一樣。這樣就可以看到，天柱表面的生命特點，是西方文明的來源。

出三界
不受輪囬
超五行
金剛不壞
三界之外神佛在
似也可成
星系居其位流轉
三界獨內外周遊
一走再走
其外恐已非昔有

第二十一章 出三界

【正文】

出三界，不受輪回；超五行，金剛不壞。三界之外神佛在，似也可成。星系居其位流轉，三界獨內外周遊，一走再走，其外恐已非昔有。

【白話】

人們常聽說：『出了三界，就不受六道輪回的限制；超越了世間五行這種物質，就能夠修成永遠不壞的身體。』如果三界外有那樣的神佛存在，這種說法似乎能夠成立。可是星系在既有位置上不停流轉，只有三界能夠在很大範圍不斷遊走，三界不斷這樣走的話，那麼三界外面可能就不是過去存在的神佛了。這樣的話，那些說法也可能會發生一些變化。

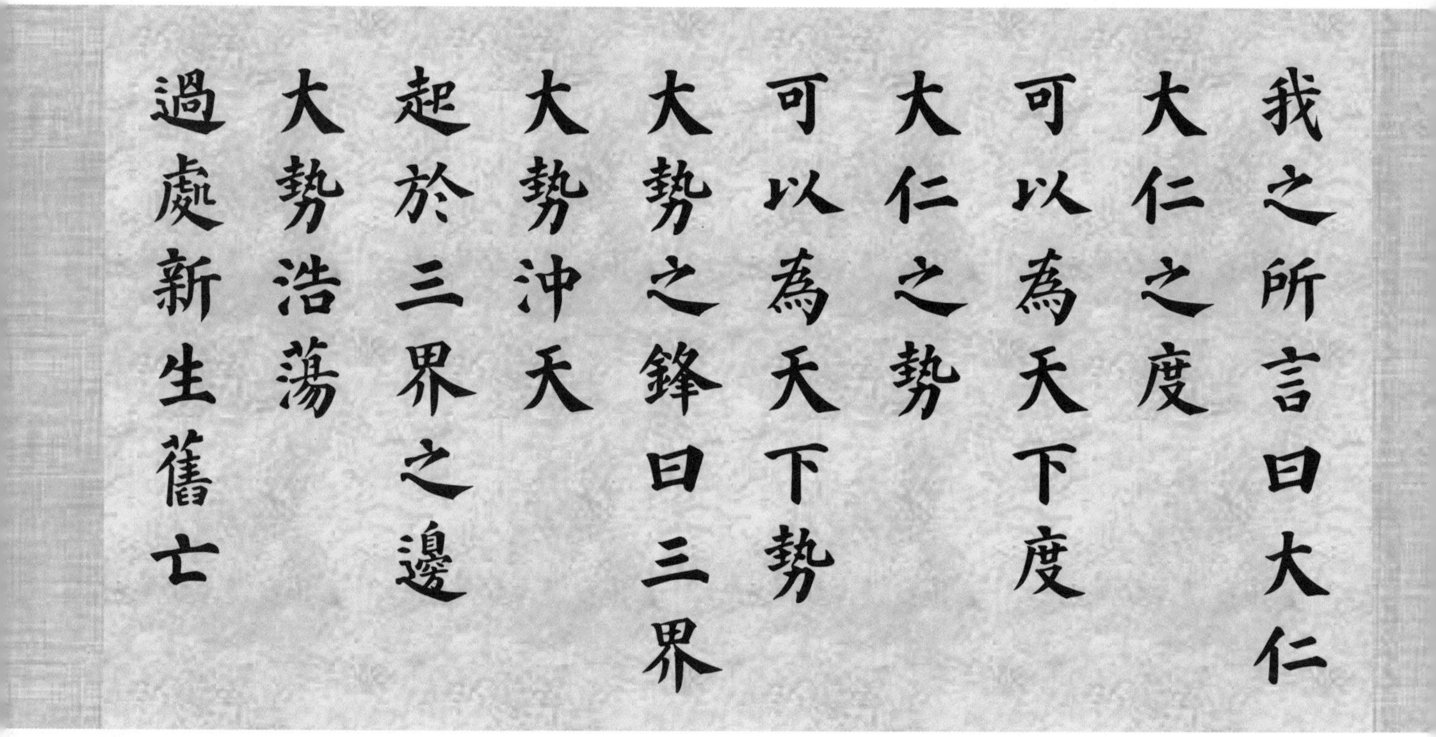
我之所言曰大仁
大仁之度
可以為天下度
大仁之勢
可以為天下勢
大勢之鋒曰三界
大勢沖天
起於三界之邊
大勢浩蕩
過處新生舊亡

第二十二章 我之所言曰大仁

【正文】

我之所言曰大仁。大仁之度，可以為天下度；大仁之勢，可以為天下勢；大勢之鋒曰三界，大勢衝天，起於三界之邊；大勢浩蕩，過處新生舊亡。

【白話】

我所說的『大仁』，所描述的衡量標準，就是『人是第一位的』。一切應該為人而生而用，這是天下普遍的衡量標準；大仁展開以後，所造成的天地之間的形勢，是整個天下的形勢；這種大勢的最前沿，就是三界；這種大勢從三界的邊緣開始興起，不斷地向天地間突破，也帶來人間的變化；這種大勢浩浩蕩蕩，所經過的地方，會建立起人性的新秩序，同時清除非人性的舊秩序。

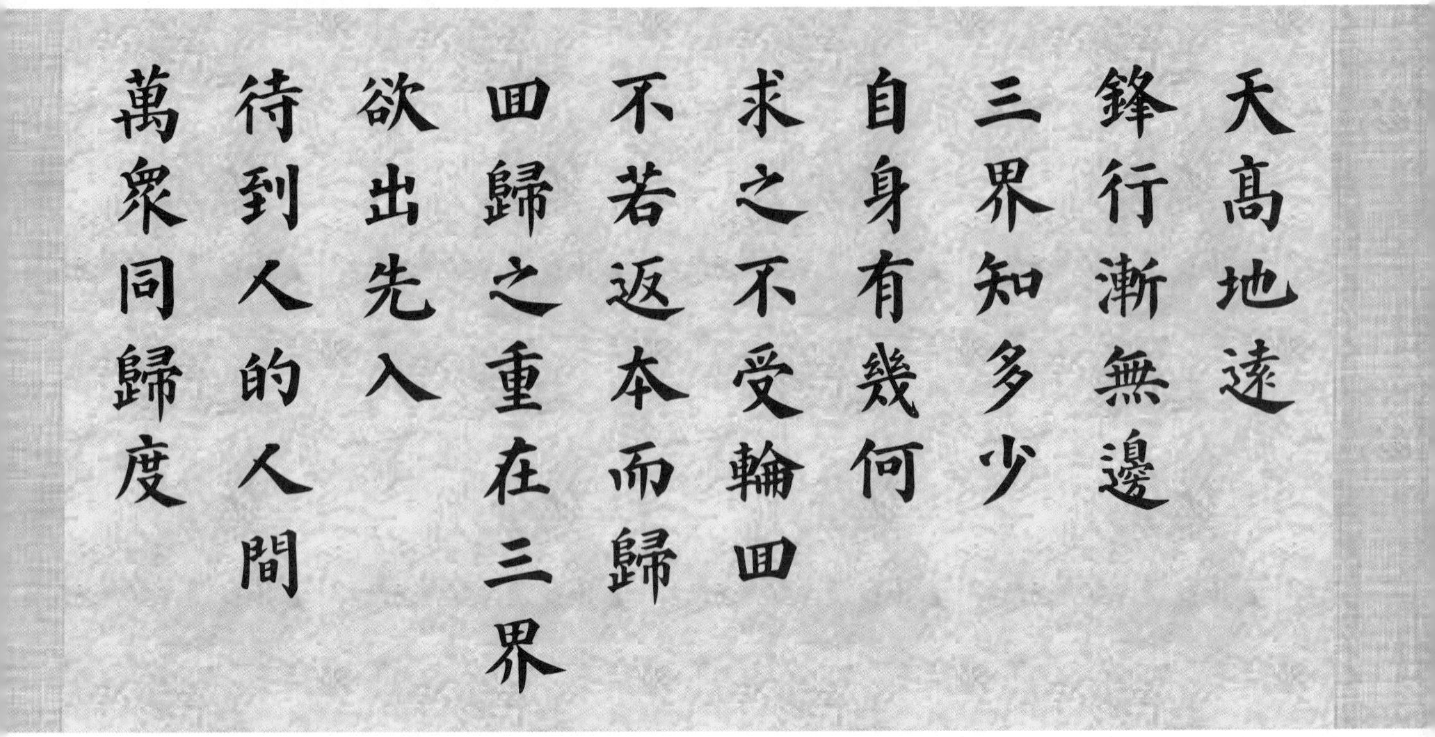
天高地遠
鋒行漸無邊
三界知多少
自身有幾何
求之不受輪囬
不若返本而歸
囬歸之重在三界
欲出先入
待到人的人間
萬衆同歸度

第二十三章 天高地遠

【正文】

天高地遠，鋒行漸無邊。三界知多少，自身有幾何。求之不受輪回，不若返本而歸。回歸之重在三界，欲出先入。待到人的人間，萬眾同歸度。

【白話】

天的層次有多高，對應的地就有多廣大遙遠。三界在天地間移動，漸漸看不到邊際。三界走得越遠，對應天的境界越高，內涵越大。所以人們對三界的內涵知道多少，就是自己的境界。只追求不受輪回的好處，是被求利帶動了，不會有什麼境界；不如回歸自己的本性，這樣既能達到不受輪回，還能見證先天美好的自己。回歸的重點在三界，要想出三界，先得在三界中修回自己的本性。什麼時候才能出三界？這是統一安排的。等到人的人間到來了，人們就能一起回歸。

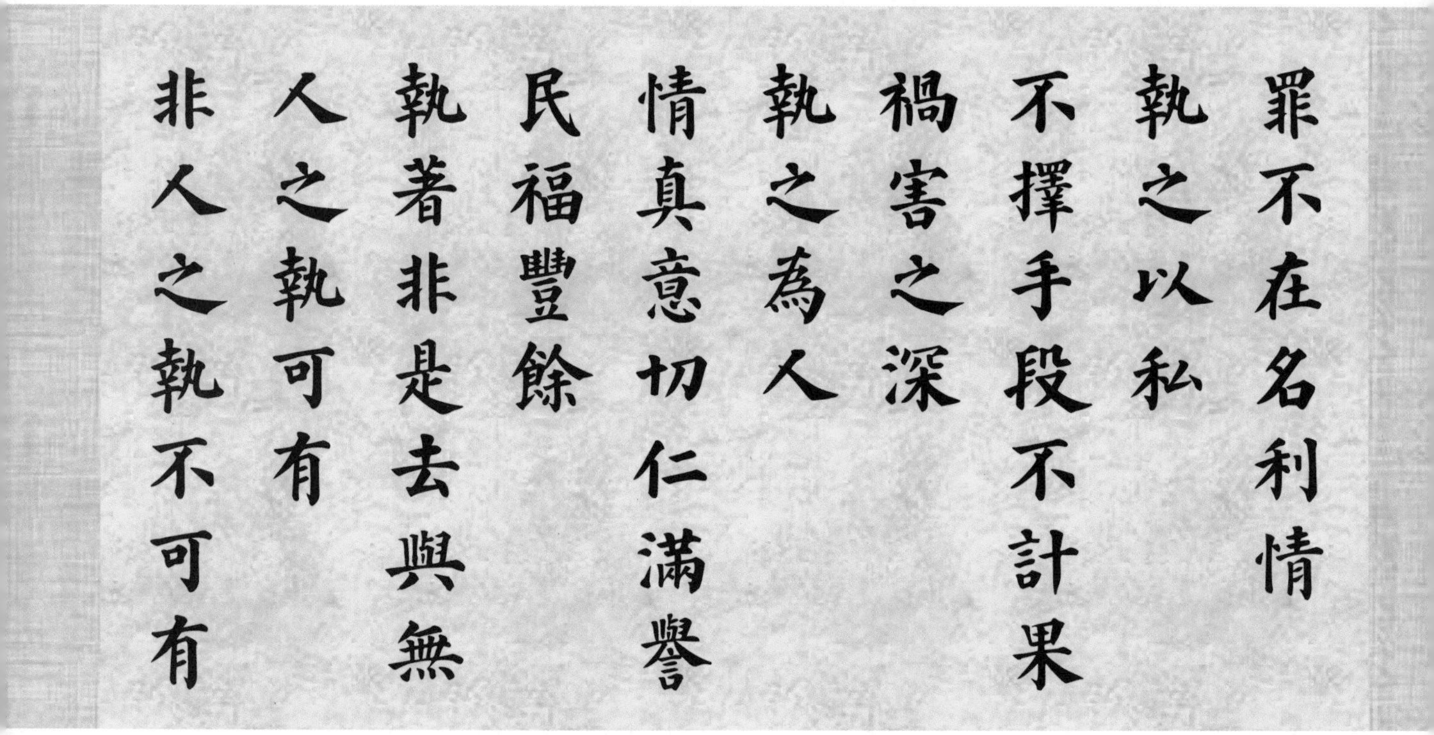
罪不在名利情
執之以私
不擇手段不計果
禍害之深
執之為人
情真意切仁滿譽
民福豐餘
執著非是去與無
人之執可有
非人之執不可有

第二十四章 罪不在名利情

【正文】

罪不在名利情。執之以私，不擇手段不計果，禍害之深；執之為人，情真意切仁滿譽，民福豐餘。執著非是去與無，人之執可有，非人之執不可有。

【白話】

很多人覺得名利情害人，其實罪過並不在名利情本身。在為私的基礎上執著名利情，為達目的，不擇手段，不計後果，這樣對人們的禍害很深；在無私的基礎上擁有名利情，那麼人們的相處真情實意，天下充滿著重仁重義的美譽，物質豐富而幸福。所以說，執著不是去掉或沒有的問題，也不是簡單的隔絕隔離，而是要在人性上重新建立，人性的執著可以有，非人性的執著不能有。

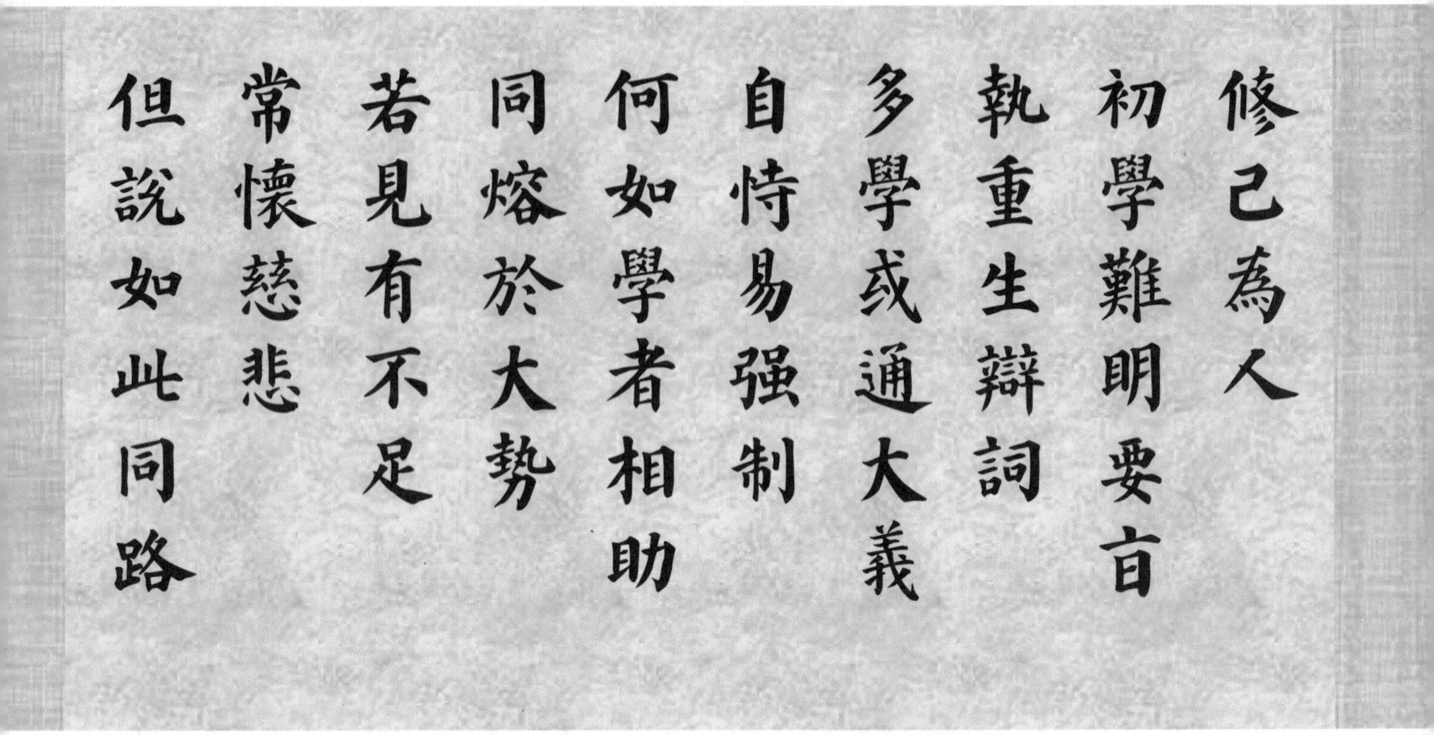
修己為人
初學難明要旨
執重生辯詞
多學或通大義
自恃易強制
何如學者相助
同熔於大勢
若見有不足
常懷慈悲
但說如此同路

第二十五章 修己為人

【正文】

修己為人。初學難明要旨，執重生辯詞；多學或通大義，自恃易強制。何如學者相助，同熔於大勢。若見有不足，常懷慈悲，但說如此同路。

【白話】

成就自己和幫助別人，都要建立在實修自己的基礎上。初學者不容易抓住要點，由於執著重，常會為自己不好的觀念辯解；學習較長時間後，可能明白些道理，卻又容易因此滋生自大自負的心理，從而覺得自己怎麼做都對，強制要求別人。如果人們只看到自己，就容易引起對立。與其這樣，不如人們間相互幫助，共同提高，一起在大仁所造就的形勢中熔煉。看到別人表現不好時，心里要有慈悲，不被異常表現帶動，更不因此對別人有不好看法，大家都是想提高的，所以應該正面鼓勵人們人性的一面，正視不足，一起跟上進程提高。

第三篇　登門

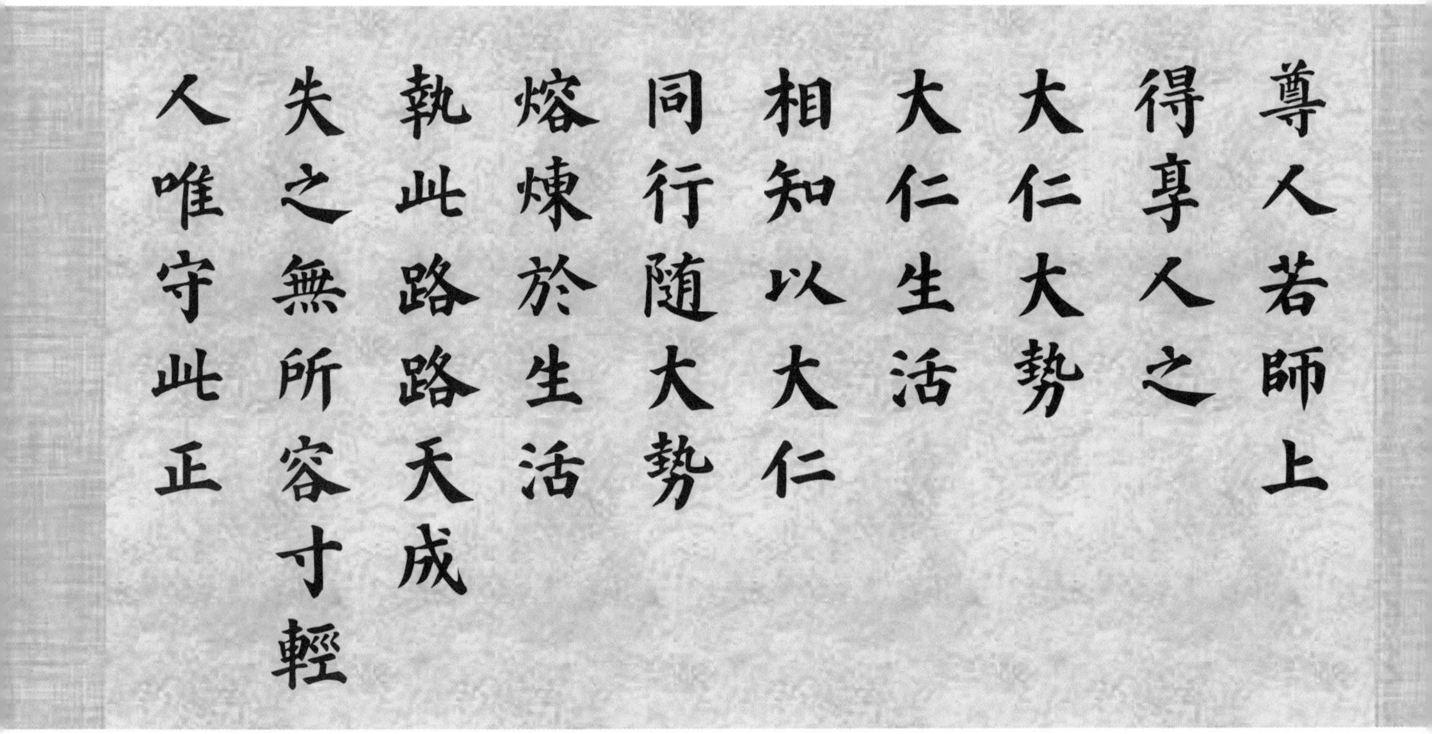
尊人若師上
得享人之
大仁大勢
大仁生活
相知以大仁
同行隨大勢
熔煉於生活
執此路路天成
失之無所容寸輕
人唯守此正

第二十六章 尊人若師上

【正文】

尊人若師上，得享人之大仁、大勢、大仁生活。相知以大仁，同行隨大勢，熔煉於生活。執此路路天成，失之無所容寸輕。人唯守此正。

【白話】

尊師重道是傳統美德。對待真正的人，應該像尊敬師上一樣，這樣才能享有大仁、大仁之勢、大仁生活。人們通過大仁來相識，通過跟上大勢一起同行，通過大仁生活來熔煉自己。具備大仁的人，是大仁、大仁之勢、大仁生活的根基，大仁、大勢、大仁生活都是大仁的人的不同表現。穩固地守住這些，無論走什麼路都能自然成就；失去這些，即使連一寸那樣的輕微，將來也沒有地方容身。人只有守住這些才能歸正。

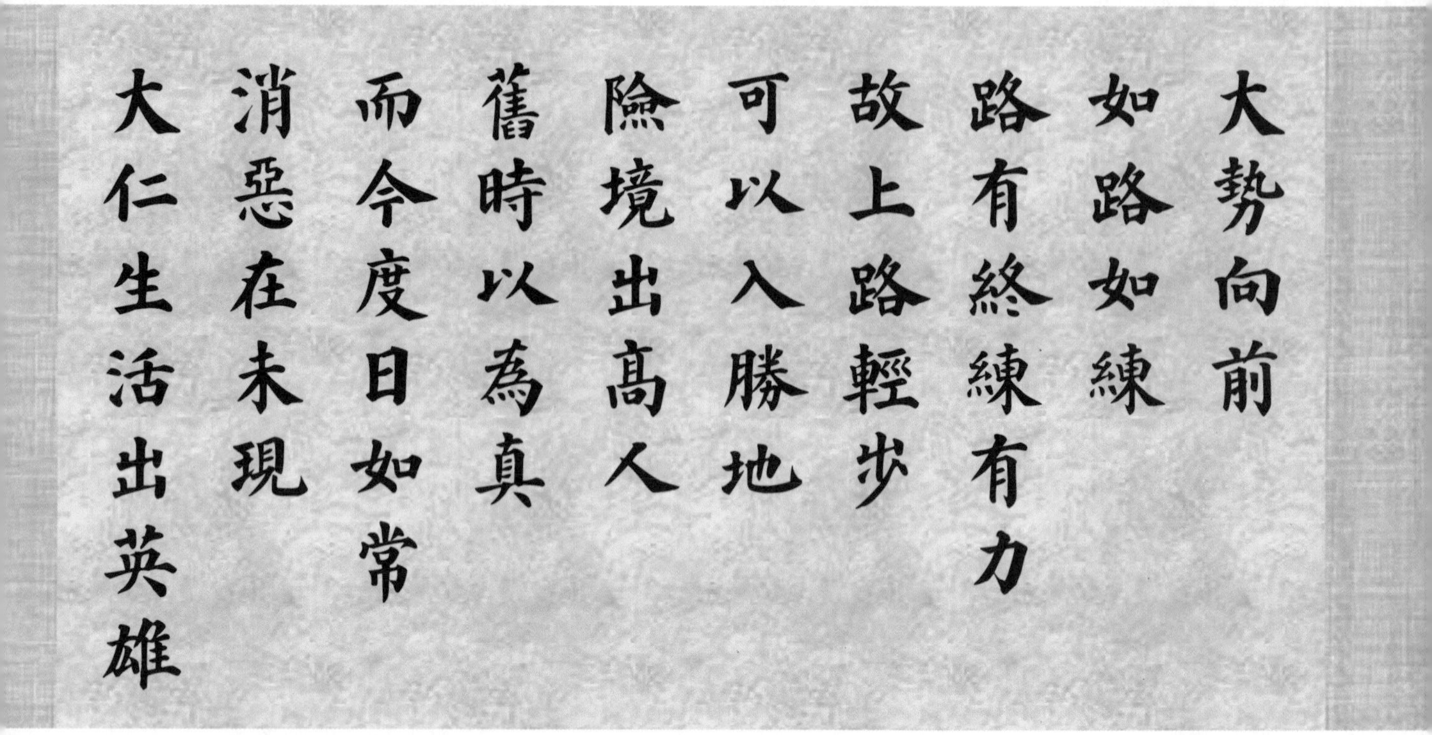
大勢向前
如路如練
路有終練有力
故上路輕步
可以入勝地
險境出高人
舊時以為真
而今度日如常
消惡在未現
大仁生活出英雄

第二十七章 大勢向前

【正文】

大勢向前，如路如練。路有終，練有力，故上路輕步，可以入勝地。險境出高人，舊時以為真。而今度日如常，消惡在未現，大仁生活出英雄。

【白話】

大仁之勢浩蕩向前，在各個層面展開，既像道路也像練帶。這條道路有終點，通往正確的方向；同時，這條練帶非常堅韌有力，可以自動帶著人向前走。所以一旦走上這條道路，會覺得腳步很輕快，跟著走到頭，就可以到達殊勝的地方。過去人們以為：『只有很險惡的環境才能出高人。』今天我們只在平常的生活中，在惡念還沒有顯現時就清除它，根本不覺得險惡有什麼價值，那就不會出現什麼大的險惡。在大仁生活中，才能夠造就真正的新時代英雄。

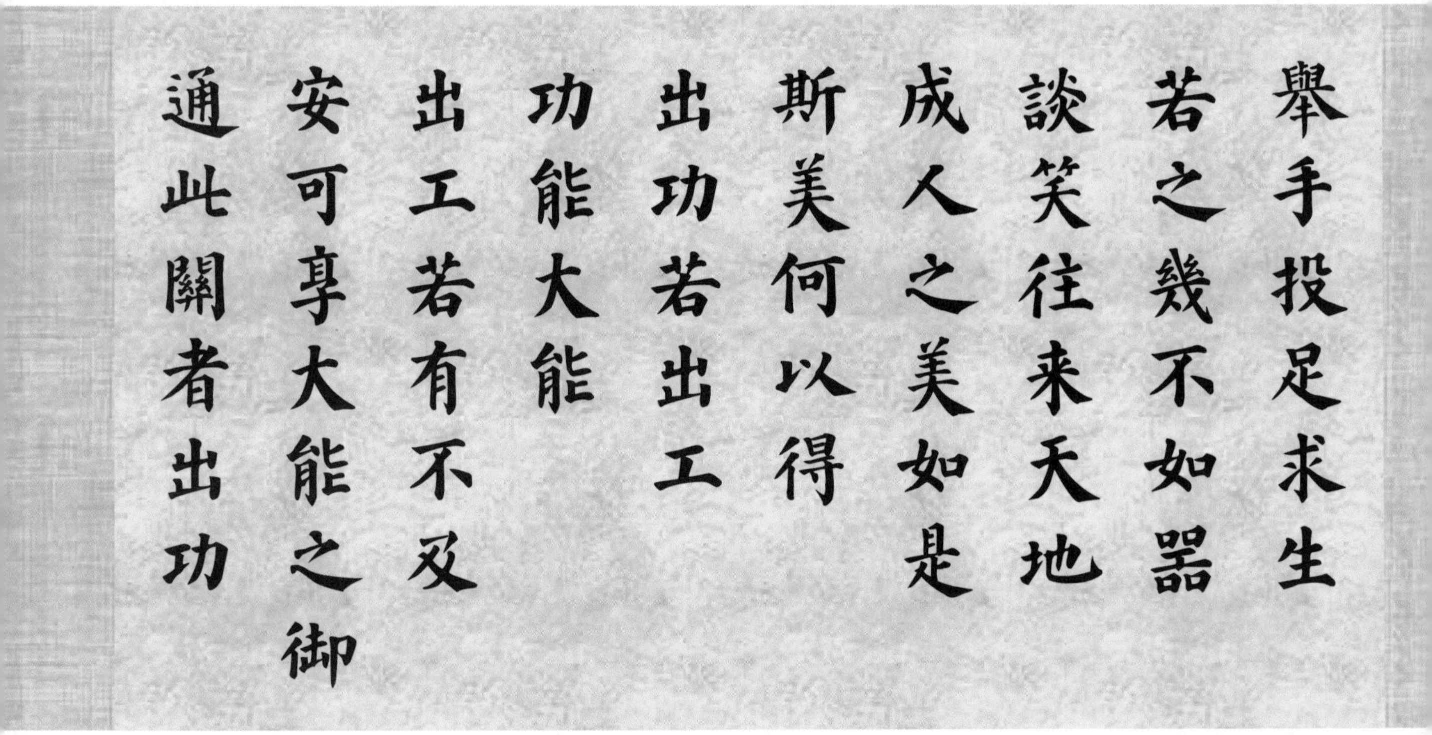
舉手投足求生
若之幾不如器
談笑往来天地
成人之美如是
斯美何以得
出功若出工
功能大能
出工若有不及
安可享大能之御
通此關者出功

第二十八章 舉手投足求生

【正文】

舉手投足求生，若之幾不如器；談笑往來天地，成人之美如是。斯美何以得？出功若出工。功能大能，出工若有不及，安可享大能之御？通此關者出功。

【白話】

做什麼都要動手動腳，而且即使這樣，也只是為了求得能夠生存。如果過的是這樣的生活，那幾乎連器物都不如了。談笑之間就往來天地，這是人的生活應有的美好狀態。怎樣才能得到像人那樣的美好呢？『出功』和『出工』很像。功能既然有很大的做事才能，那麼如果人們做事的人性成度還不如功能，怎麼可能得到駕馭功能的待遇呢？只有通過了做事這一關，才能出功。

人性成度有高下
人性的原則
慈威同在
不唯安逸待
仁者以仁
惡者以惡
今人多兼有
仁時可仁
惡時助其仁滅惡
泯滅人性者亡

第二十九章 人性成度有高下

【正文】

人性成度有高下。人性的原則，慈威同在，不唯安逸待。仁者以仁，惡者以惡。今人多兼有，仁時可仁，惡時助其仁滅惡。泯滅人性者亡。

【白話】

人性的尊貴成度有高下不同。人性的原則，慈悲和威嚴是同在的，不是只用舒心安逸來對待。對待人性豐足的人可以人性；對待人性缺失的，就不能那麼人性，要有嚴厲的手段，環境相應也會險惡；今天的人多數既有人性的一面，也有非人性的一面。當人們表現出人性的一面時，可以人性對待；而當人們表現出非人性的一面時，可以儘量幫助人們人性的一面做主，從而清理不好的非人性表現。至於人性全無的，只有被淘汰。

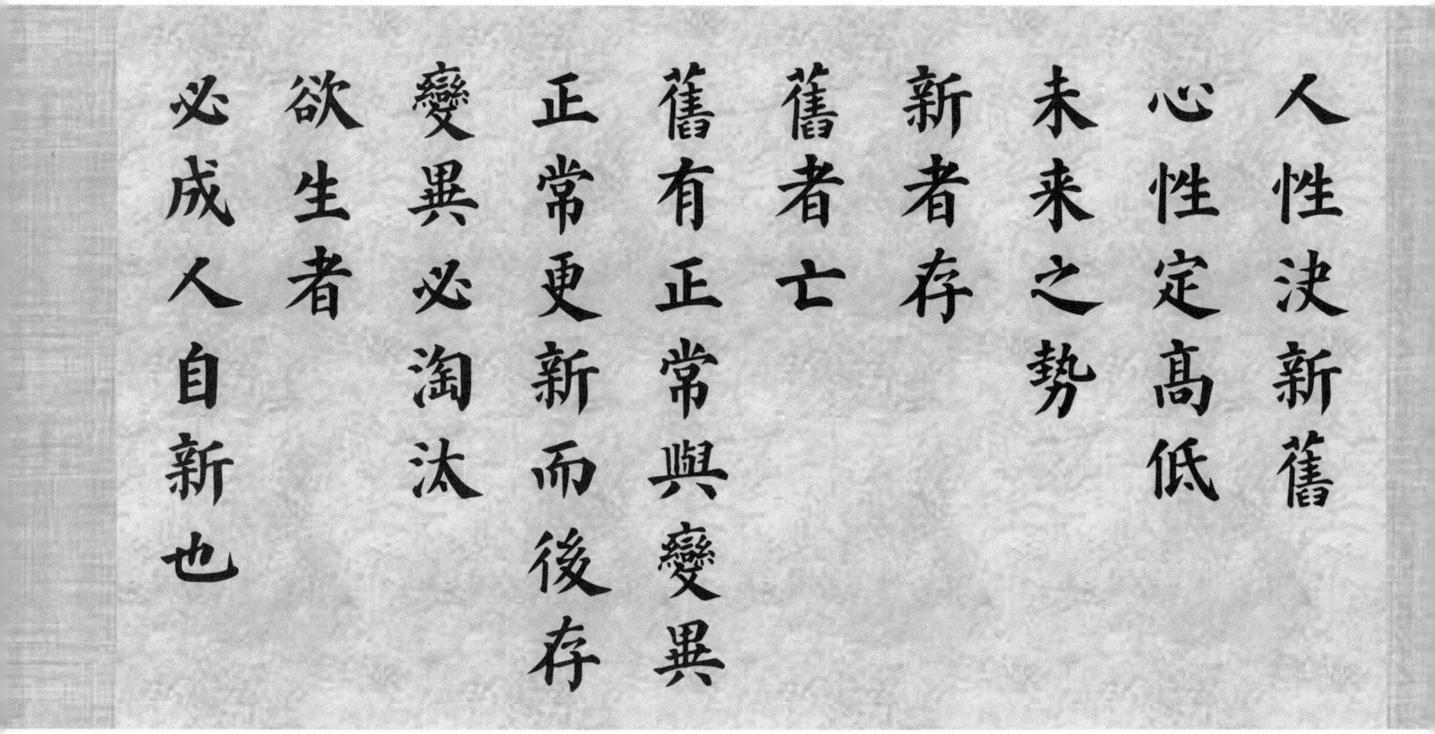
人性決新舊
心性定高低
未来之勢
新者存
舊者亡
舊有正常與變異
正常更新而後存
變異必淘汰
欲生者
必成人自新也

第三十章　人性決新舊

【正文】

人性決新舊，心性定高低。未來之勢，新者存，舊者亡。舊有正常與變異，正常更新而後存，變異必淘汰。欲生者，必成人自新也。

【白話】

人性決定新舊，在純淨人性上建立起來的，是新的；不符合人性的，是舊的。心性決定高低，宇宙有不同的境界，更高境界不受較低境界的制約，這是心性決定的。未來的大形勢中，新的才能存在，舊的一定會消亡。更新前，舊的里面有正常和變異兩個部分，正常部分只有在更新後，符合了人性，才能有未來，否則還是舊的就沒有未來，還是會被淘汰；而變異的部分，則沒有更新的機會，必然會被未來淘汰。要想在未來生存，必須自我更新，成為真正的人才行。

今人堪憂
職能化動物化
物質化非人化
幾似天下無人
偽人詆人偽
諸物異變
今人不辨
侍之名自由
甘以性命獻
知異非己真方顯

第三十一章 今人堪憂

【正文】

今人堪憂，職能化、動物化、物質化、非人化，幾似天下無人。偽人詆人偽，諸物異變。今人不辨，侍之名自由，甘以性命獻。知異非己真方顯。

【白話】

今天有些人的狀態很讓人擔憂。有的職能化，以為事做得多、做得好，就是做人；有的動物化，只是追求動物般的欲望滿足；有的物質化，以為得到物質越多越精緻就好；有的走向非人化，把為私當作理所當然。如果這樣的情況很普遍，就會幾乎是天下無人。許多事物都發生了異變，挾持人身偽裝成人的樣子，卻在詆毀真正的人。現在許多人都不能辨別這些異變，還甘願把自己的性命奉獻給它，被異變操控著，服侍著它，還覺得是自由的。只有能夠察覺那是異變而不是自己，真像才能顯露出來。

柱表環抱
柱內本體封頂殼
衆多制度今相較
公有私有
皆以物教
於政人為主
不唯帝王制
異變獨裁為禍
大仁之人民福
失道果從於物

第三十二章 柱表環抱

【正文】

柱表環抱，柱內本體封頂殼，眾多制度今相較。公有私有，皆以物教。於政人為主，不唯帝王制。異變獨裁為禍，大仁之人民福。失道，果從於物。

【白話】

天柱表面環抱著世間，天柱里面本體用他下面的常人文化，封住了世間的頂部，今天有許多制度在世間相互較量。無論是公有還是私有，都是從物質角度在衡量。在政治方面，人要做主的話，似乎只能是人來管人。可對應的體現，並不是說帝王制就行了。如果異變者獨裁，只能帶來禍端；如果是人們都有大仁的風範，那才是人民的福祉。人們失去大道，失去了人應有的狀態以後，就只能由各種僵硬的制度和形式來管著。

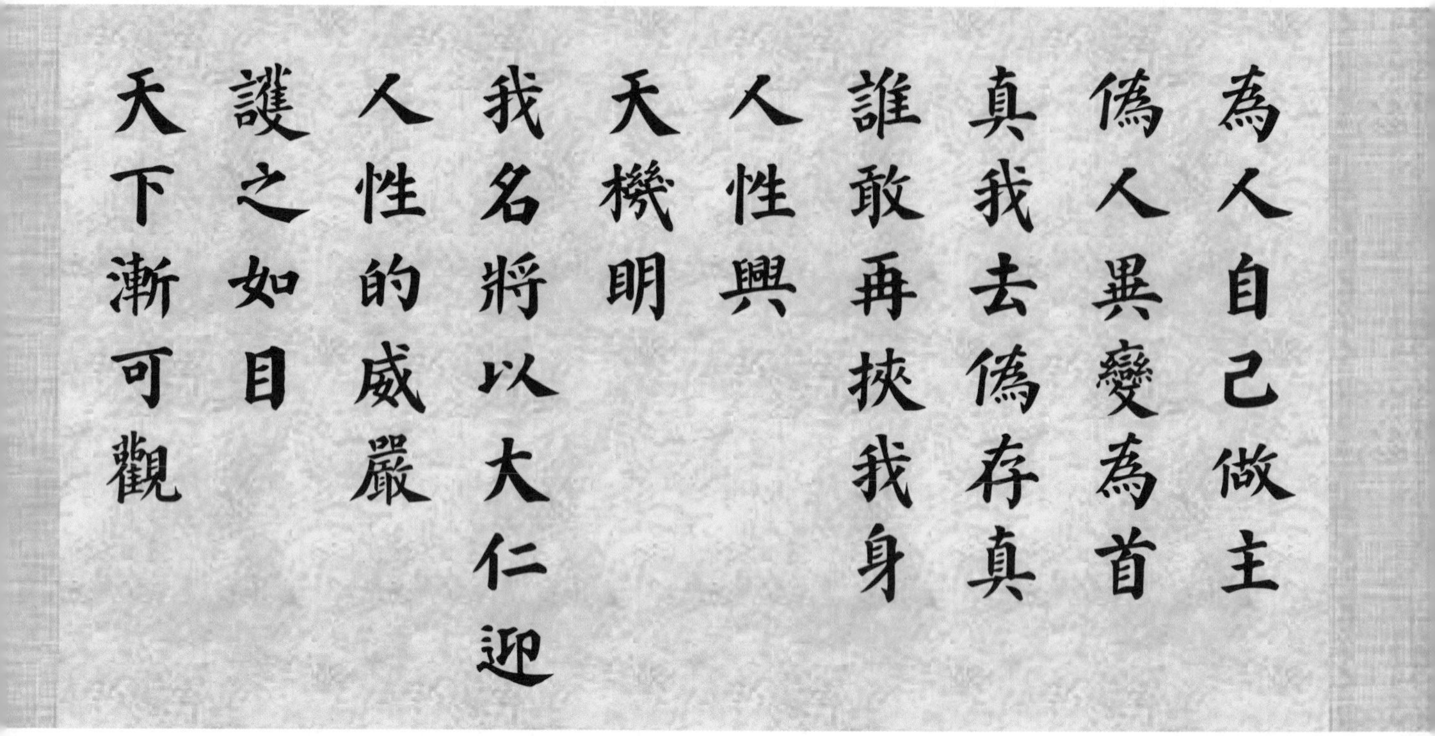
為人自己做主
偽人異變為首
真我去偽存真
誰敢再挾我身
人性興
天機明
我名將以大仁迎
人性的威嚴
護之如目
天下漸可觀

第三十三章 為人自己做主

【正文】

為人自己做主，偽人異變為首。真我去偽存真，誰敢再挾我身。人性興，天機明，我名將以大仁迎。人性的威嚴，護之如目，天下漸可觀。

【白話】

人是自己做主，偽裝成人的只是異變做主。真正的自己，在清除偽裝異變之後，才能顯露出來，這時誰也不能再挾持自己的人身。真我開始顯現，這時人性開始在外顯露出來，也能得到天機，知道自己的名號，這時即將進入大仁的狀態，從而讓人性的威嚴更加彰顯。人們應該像保護眼睛一樣，愛護人性的威嚴，這樣才能逐漸具足智慧，從而看清自己和世間的真像。

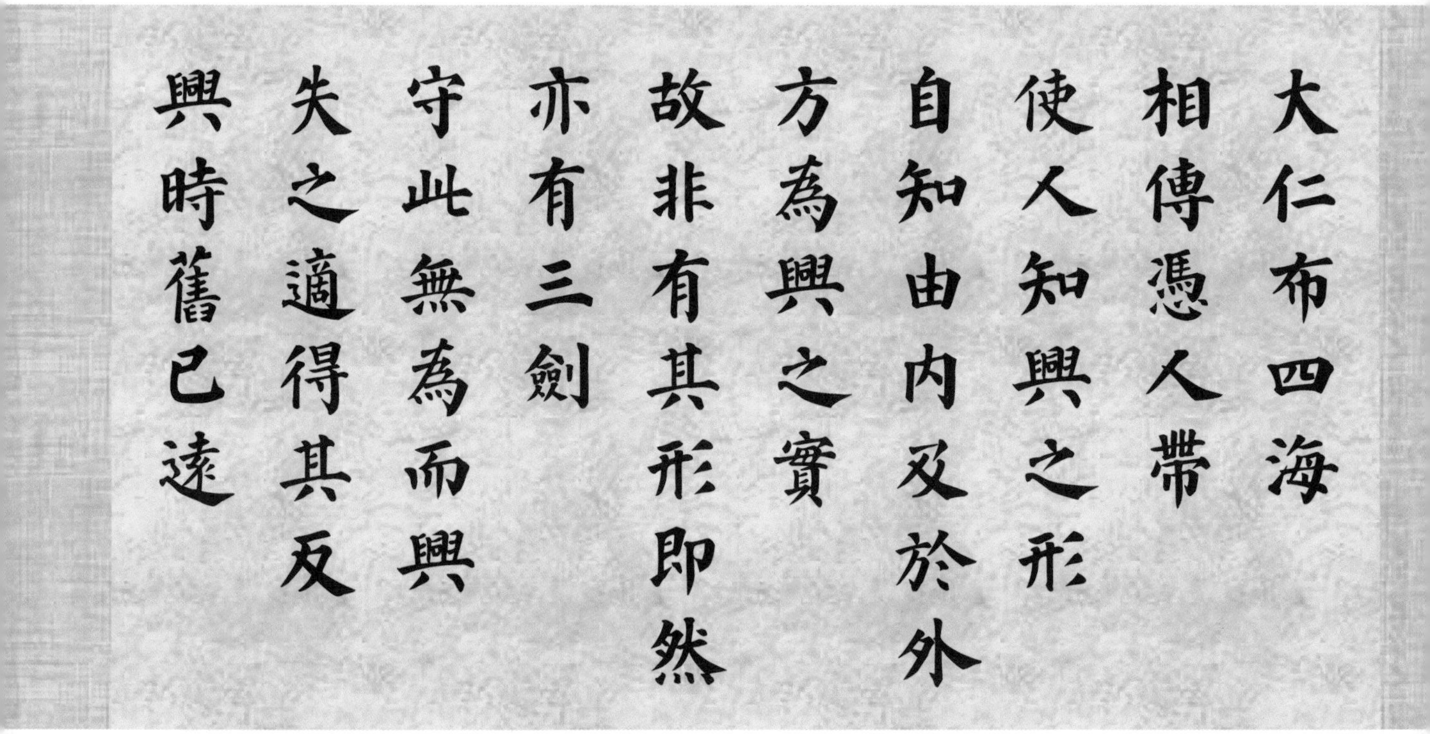
大仁布四海
相傳憑人帶
使人知興之形
自知由內及於外
方為興之實
故非有其形即然
亦有三劍
守此無為而興
失之適得其反
興時舊已遠

第三十四章 大仁布四海

【正文】

大仁布四海，相傳憑人帶。使人知，興之形，自知由內及於外，方為興之實。故非有其形即然，亦有三劍。守此無為而興，失之適得其反。興時舊已遠。

【白話】

大仁傳播到五湖四海，是人們相互傳遞做到的。讓別人知道大仁，只是興的外形；自己明白了大仁，由內而外地充實，從而帶動外部，這才是興的實質。所以說，不是只有外形就是興了，里面也有三劍。守住這三劍，什麼也沒做，什麼結果也沒有，還是做到了興；失去這三劍，表面做得再多，再有所謂的效果，也不是興，反而可能是褻瀆。能夠興的時候，自身和舊的東西，就拉開很遠的距離了。

第四篇　入堂

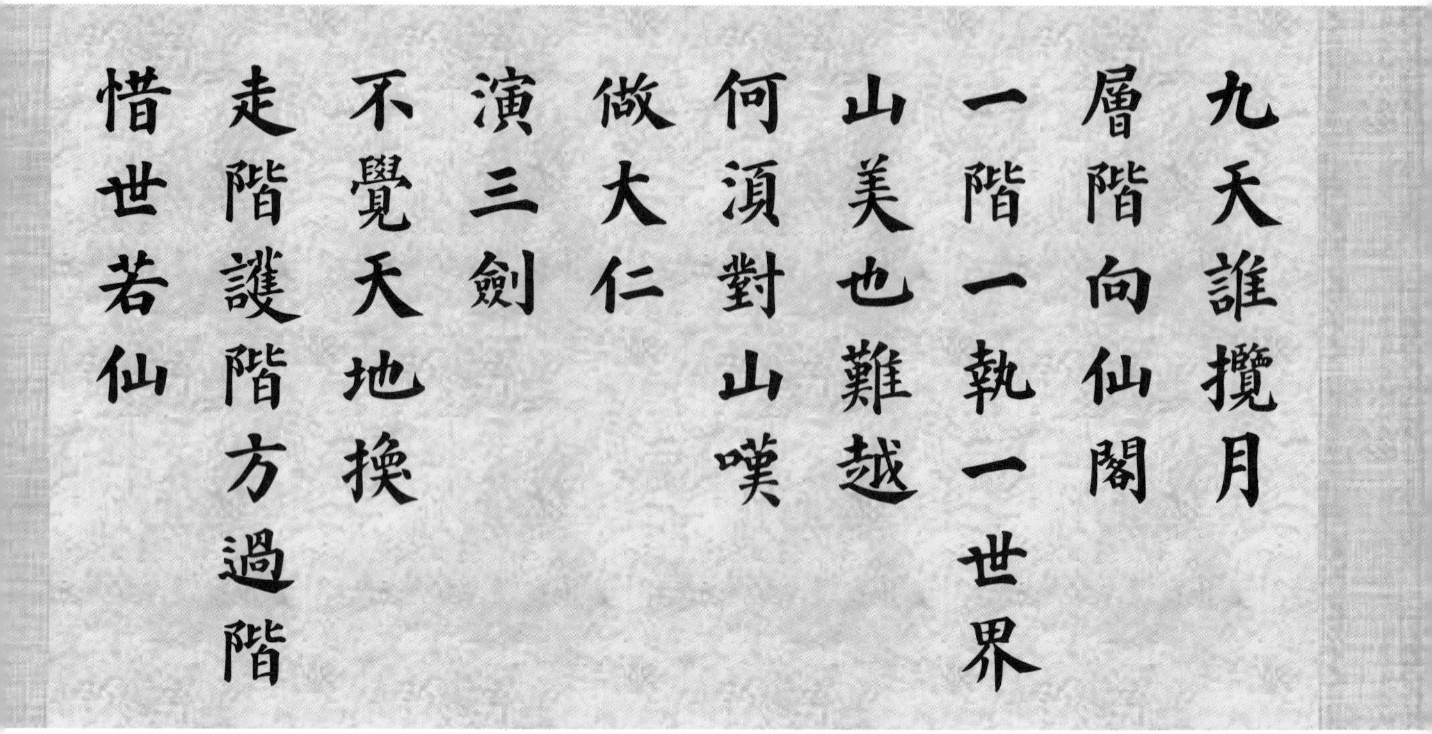
九天誰攬月
層階向仙閣
一階一執一世界
山美也難越
何須對山嘆
做大仁
演三劍
不覺天地換
走階護階方過階
惜世若仙

第三十五章 九天誰攬月

【正文】

九天誰攬月，層階向仙閣。一階一執一世界，山美也難越。何須對山歎？做大仁，演三劍，不覺天地換。走階護階方過階，惜世若仙。

【白話】

九天攬月是仙境中的事，一級級層次構成的階梯，是從世間通向仙境樓閣的路。每一層階梯，都是一個執著、一個世界，里面山色秀美，可也很難翻越。怎麼用得著對山歎息呢？做好大仁的事，演煉三劍，不知不覺中就可以越過那個世界，天地就不一樣了。按照大仁標準愛護每一個階梯，在其中把自己符合大仁的留下，不符合的去掉，這樣才能走過這一階。真修的人，珍惜世間要像珍惜修煉、珍惜仙境一樣。

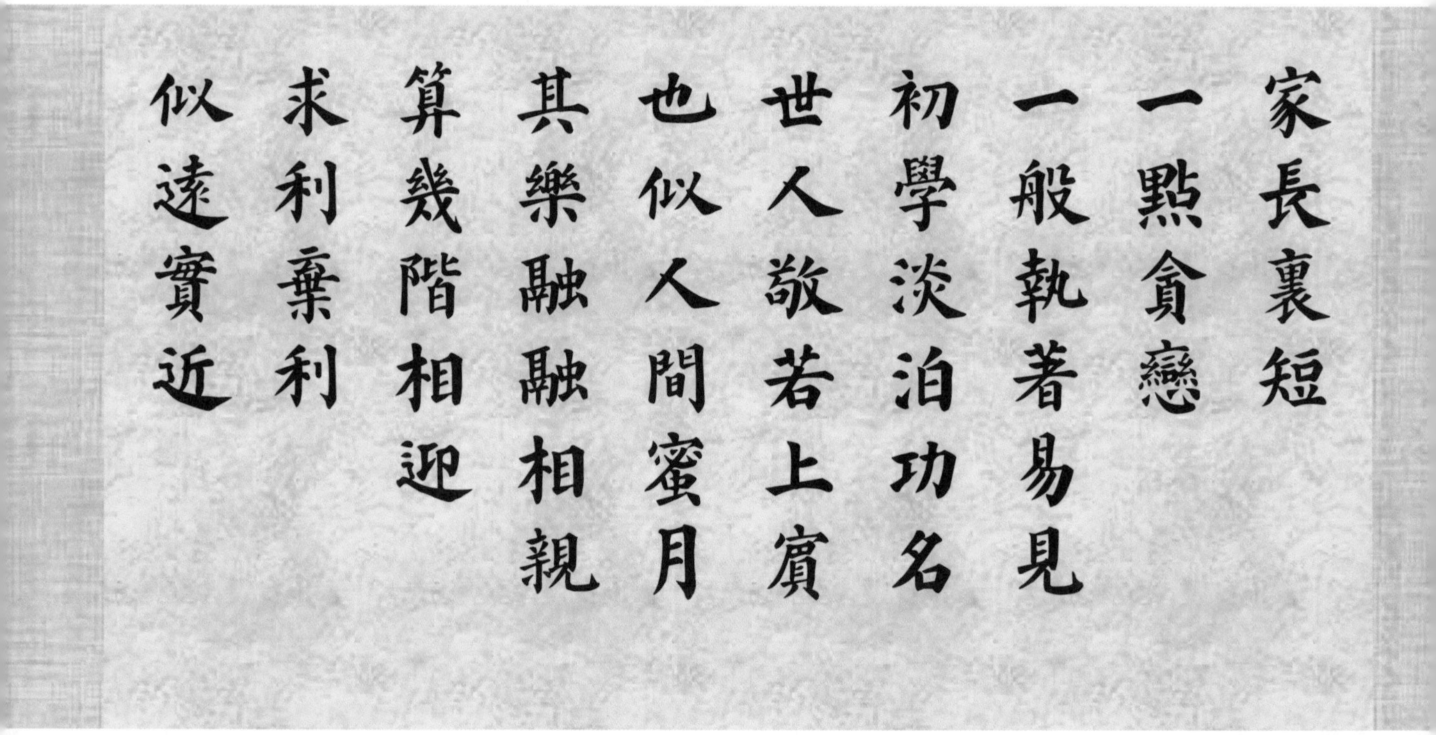
家長裏短
一點貪戀
一般執著易見
初學淡泊功名
世人敬若上賓
也似人間蜜月
其樂融融相親
算幾階相迎
求利棄利
似遠實近

第三十六章 家長裏短

【正文】

家長裏短，一點貪戀，一般執著易見。初學淡泊功名，世人敬若上賓。也似人間蜜月，其樂融融相親。算幾階相迎？求利棄利，似遠實近。

【白話】

對生活中許多日常的事，家長裏短的，人們有不同程度的執著。這些執著容易看見，所以叫一般執著。剛開始修煉的人，知道並能做到淡泊功名利祿，所以周圍的人容易誇讚他，像對待貴賓一樣尊敬他。這時修煉人和周圍很融洽，相互之間容易理解，比較親近，就像是修煉人和世人的蜜月期。但這時走了幾級階梯，達到了多高境界呢？追求利益或放棄利益，都是圍繞利益考慮的，都是和一般執著有關的問題，所以雖然外在表現不同，實際境界沒有差太遠，並沒有太高的境界，但這是一個必須的基礎。

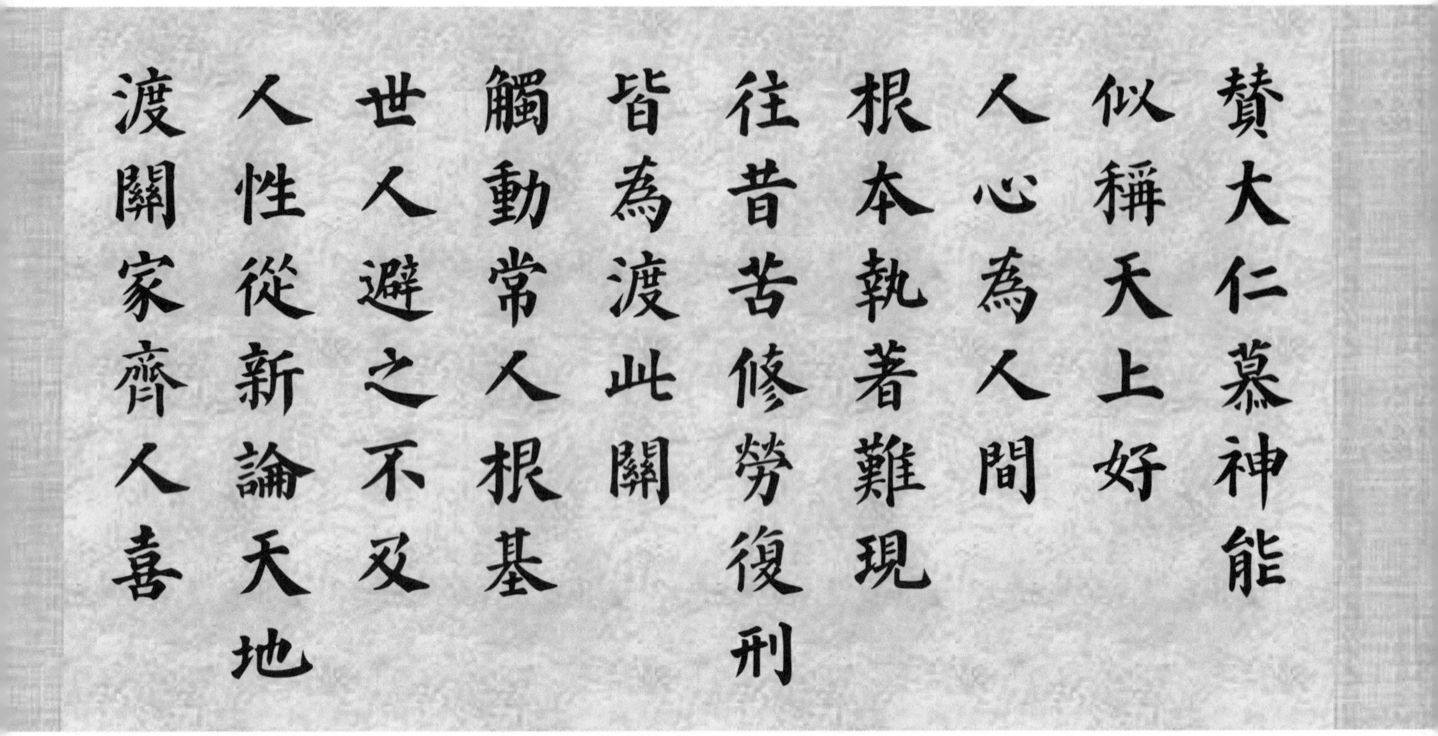
贊大仁慕神能
似稱天上好
人心為人間
根本執著難現
往昔苦修勞復刑
皆為渡此關
觸動常人根基
世人避之不及
人性從新論天地
渡關家齊人喜

第三十七章 贊大仁慕神能

【正文】

贊大仁，慕神能，似稱天上好，人心為人間，根本執著難現。往昔苦修勞復刑，皆為渡此關。觸動常人根基，世人避之不及。人性從新論天地，渡關家齊人喜。

【白話】

認同人性最尊貴，羨慕神佛的能力，這些表現像是說世間外的境界好，但人們這樣說時，往往是覺得這樣對人間有好處。這種不容易察覺的，總從常人基點出發的執著，叫做常人的根本執著。過去修煉非常勞苦，甚至受到刑罰，根本上都是為了去掉根本執著。這就觸及到了作為常人的根基，所以人們看到往往就受不了，唯恐避之不及，這時蜜月期的融洽就很難看到了。不過時代不同了，現在是人性作為衡量天地的新標準，過這個關時，如果能把握好，那麼在家庭和美的喜悅中，就可以走過去。

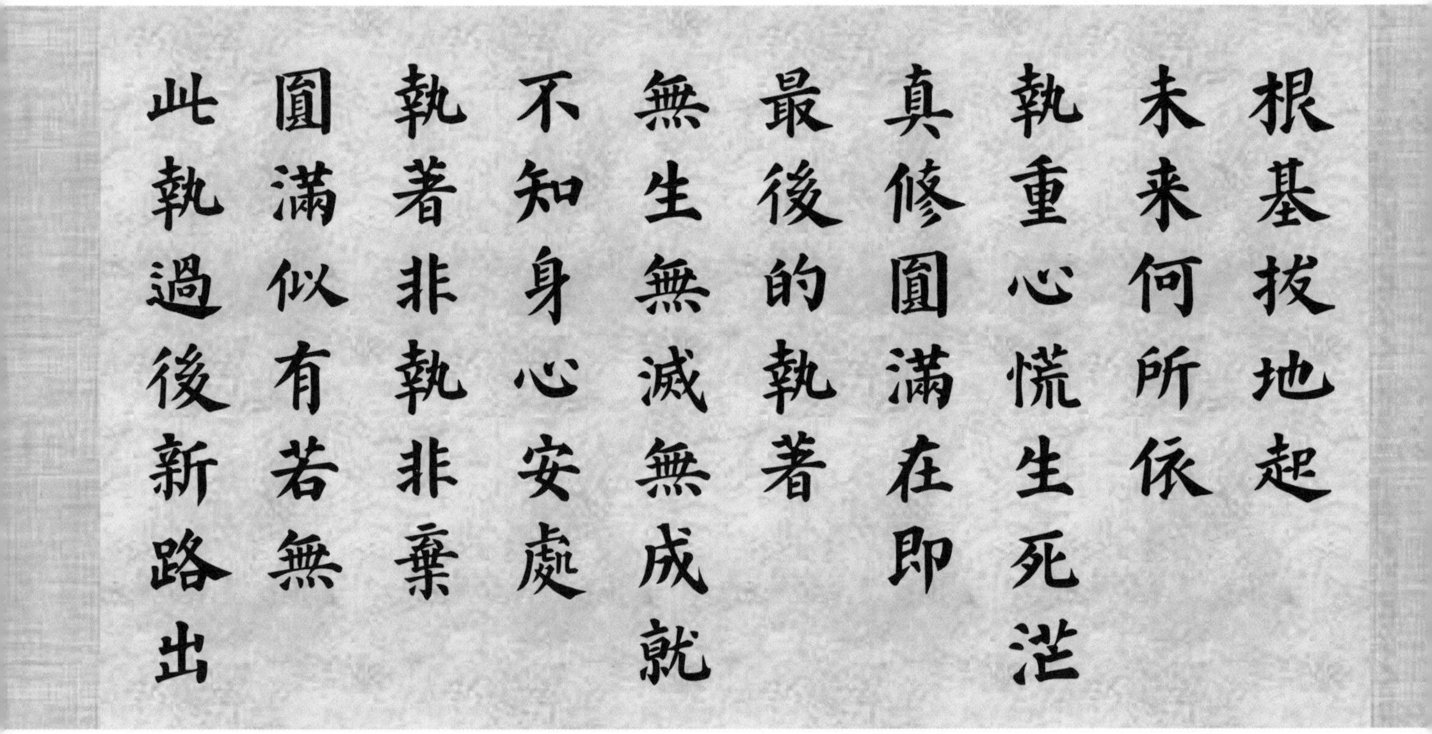

第三十八章 根基拔地起

【正文】

根基拔地起，未來何所依？執重心慌生死茫，真修圓滿在即。最後的執著，無生無滅無成就，不知身心安處。執著非執非棄，圓滿似有若無，此執過後新路出。

【白話】

作為常人的根基，整個都被拔起來了，那麼將來依靠什麼生存，對於習慣常人思維的人來說是個大問題。執著太重放不下的話，這時心里就會發慌，仿佛遇到生死似的，感到非常茫然；可是對真修者來說，這時距離圓滿卻很近了。對生死、圓滿、常人身心的執著，叫做最後的執著。放下執著既不是絕對化隔絕隔離似的去掉不要，也不是執著不放，而是第三條路；應該圓滿了，可是好像也不存在圓滿；這時到底該怎麼辨？只有走過最後的執著才能知道。

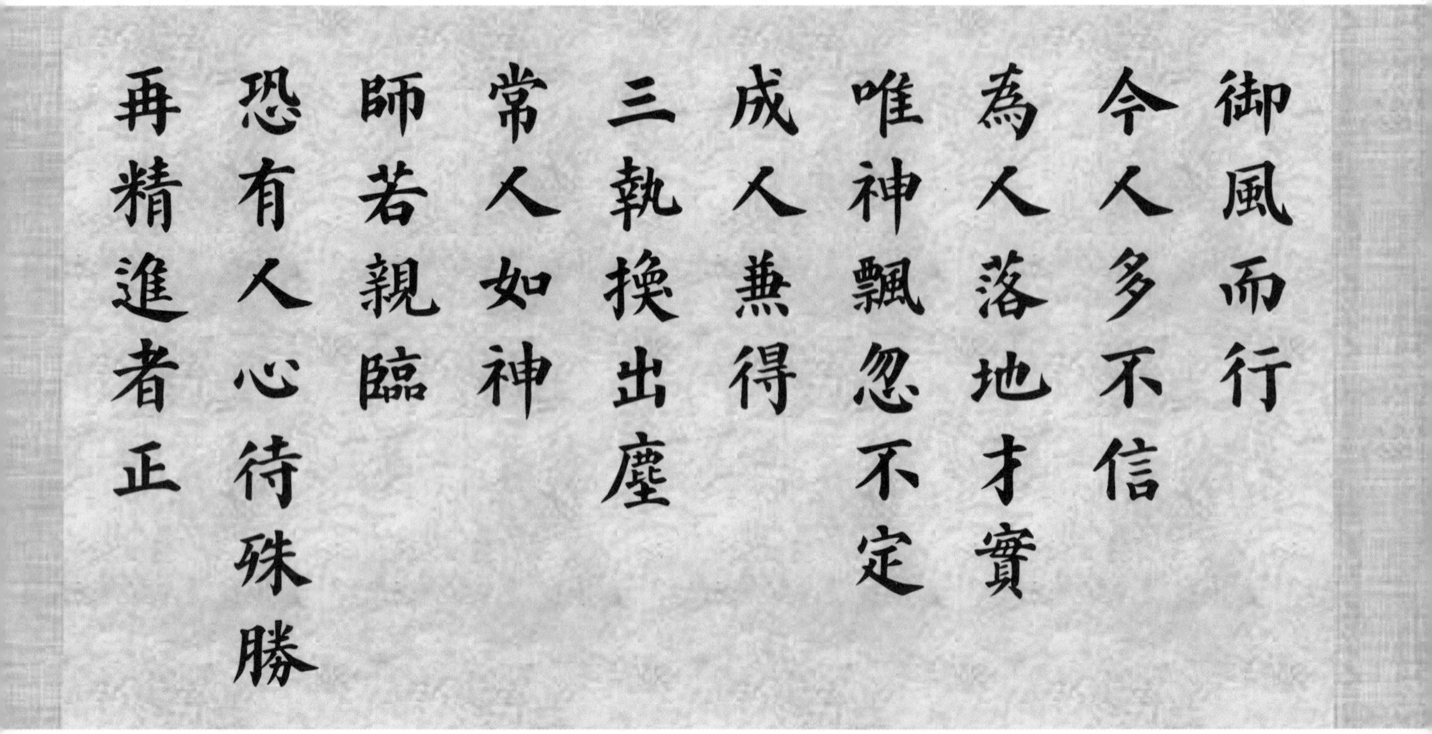
御風而行
今人多不信
為人落地才實
唯神飄忽不定
成人兼得
三執換出塵
常人如神
師若親臨
恐有人心待殊勝
再精進者正

第三十九章 御風而行

【正文】

御風而行，今人多不信。為人落地才實，唯神飄忽不定，成人兼得。三執換出塵，常人如神。師若親臨，恐有人心待殊勝，再精進者正。

【白話】

人能夠像神仙一樣御風而行，現在幾乎沒人相信這是真的。作為人去做事，要踏實落地才是實實在在，但只能看到眼前的，就顯得淺顯；只依靠神性，對表面過於忽視，考慮問題時，就顯得飄忽不定，不太靠譜。所以真正的人，神性和人性的兩面都要清醒。走過一般執著、根本執著、最後的執著以後，在境界上已脫塵離俗，雖然看上去還是常人，其實已經好像神一樣了。這時他可能會直接見到師上，但多少還會帶著人心去對待殊勝的事。有些損失不要緊，能看到問題，繼續精進，仍然是走得正。

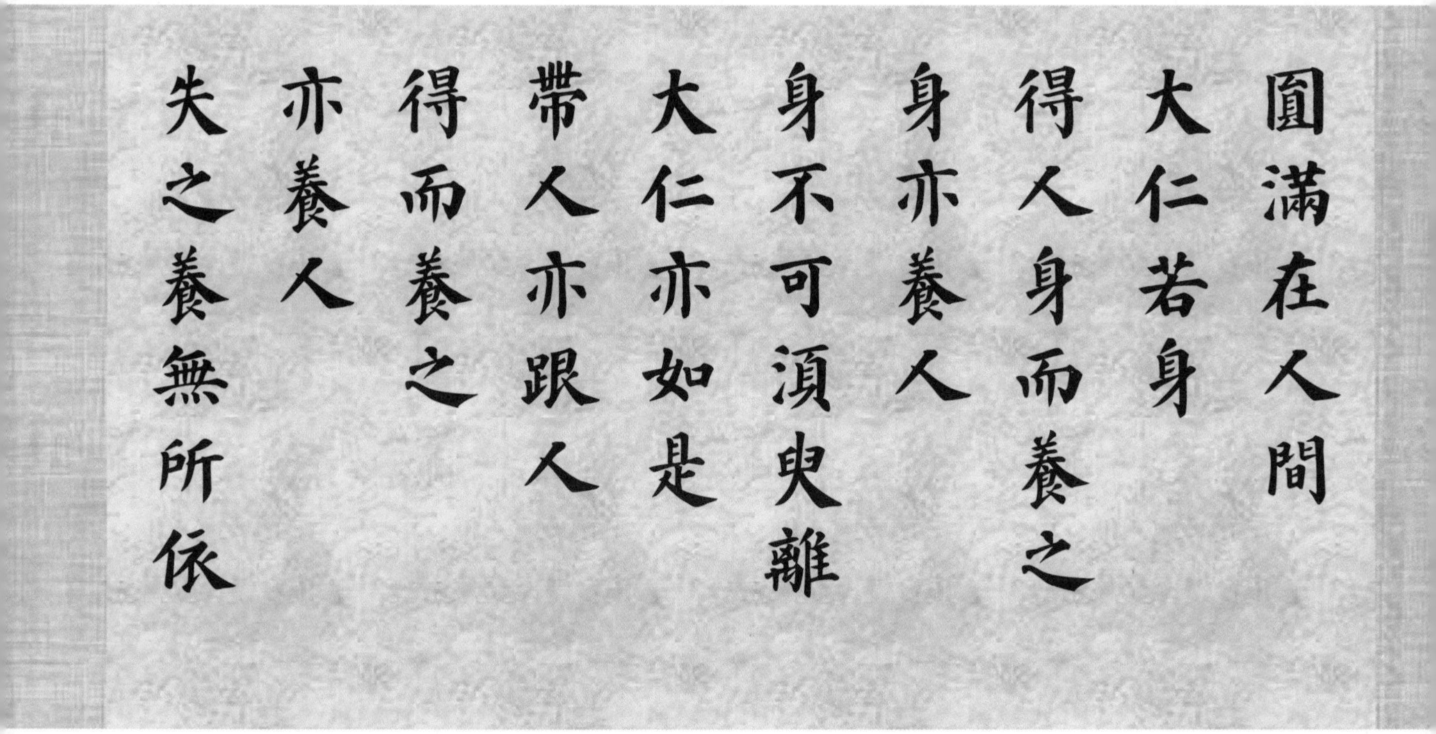
圓滿在人間
大仁若身
得人身而養之
身亦養人
身不可須臾離
大仁亦如是
帶人亦跟人
得而養之
亦養人
失之養無所依

第四十章　圓滿在人間

【正文】

圓滿在人間。大仁若身，得人身而養之，身亦養人，身不可須臾離。大仁亦如是，帶人亦跟人，得而養之，亦養人。失之養無所依。

【白話】

只有在人間修煉才能圓滿。人間應該有大仁，大仁好像人的身體一樣，人們有了人身，就要吃喝休息、鬆弛有度地養身。反過來，好的身體也能幫助人們。身體時刻也不能離開。大仁也一樣。大仁能夠引導人們修煉，但大仁也跟人。所以得到大仁，也要愛護大仁，這樣大仁才能對修者起到更好的引導作用。只有人可以修煉，沒有人身就沒法修煉；如果失去大仁，就好像沒有身體一樣，那也談不上修煉了。

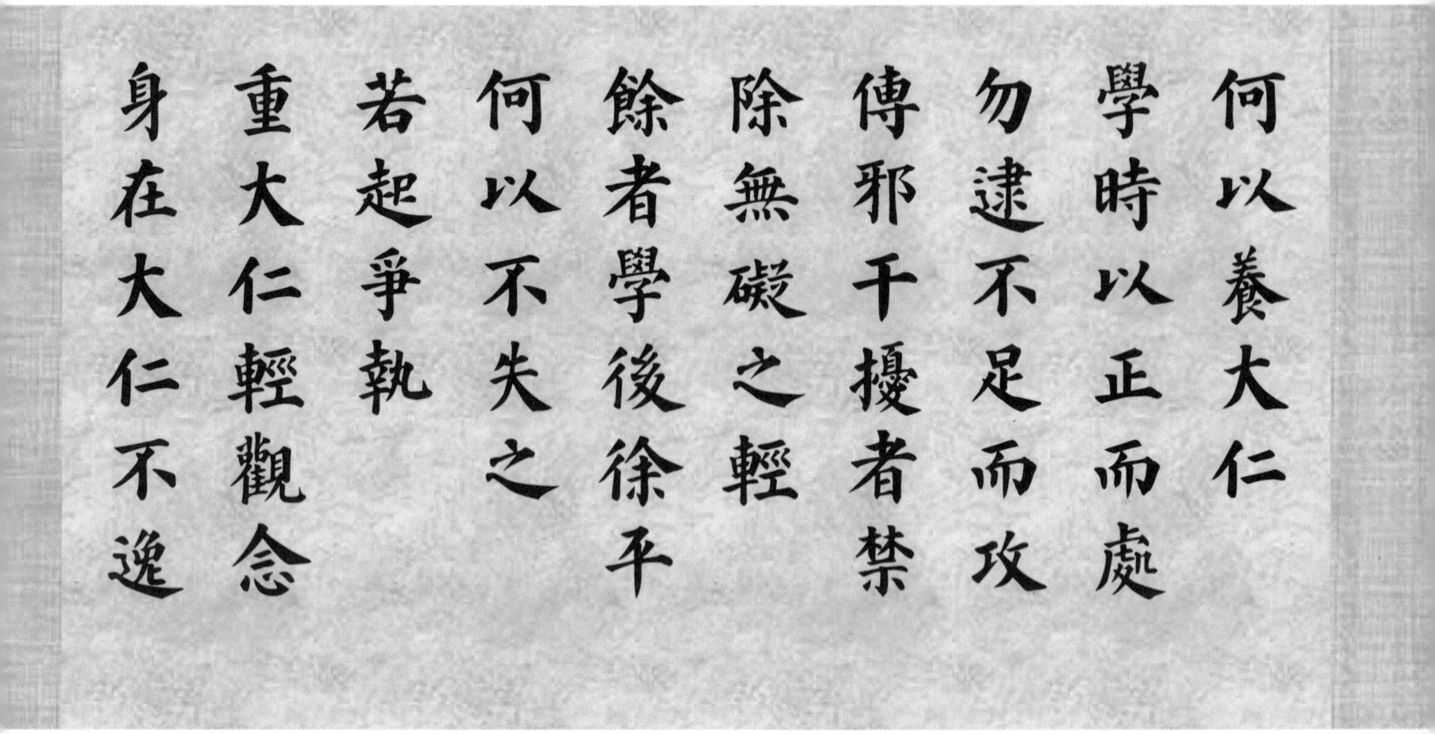
何以養大仁
學時以正而處
勿逮不足而攻
傳邪干擾者禁
除無礙之輕
餘者學後徐平
何以不失之
若起爭執
重大仁輕觀念
身在大仁不逸

第四十一章 何以養大仁

【正文】

何以養大仁？學時以正而處，勿逮不足而攻；傳邪干擾者禁；除無礙之輕，餘者學後徐平。何以不失之？若起爭執，重大仁，輕觀念，身在大仁不逸。

【白話】

怎樣愛護大仁？在平時的學習、工作、生活中，大家正面相處，不要看到別人的不足，就肆意攻擊；對散佈邪悟等不好思想言論的，要及時制止；除了可以及時解決的比較輕的事，其他的可以在日後慢慢解決。怎樣才能不失去大仁？發生爭執時，把大仁放在重要位置，把自己觀念放在較輕位置，各自面對自己問題，而不要從大仁中逃逸。有矛盾的時候，正是維護大仁的好時機，這時更要在大仁中穩住。

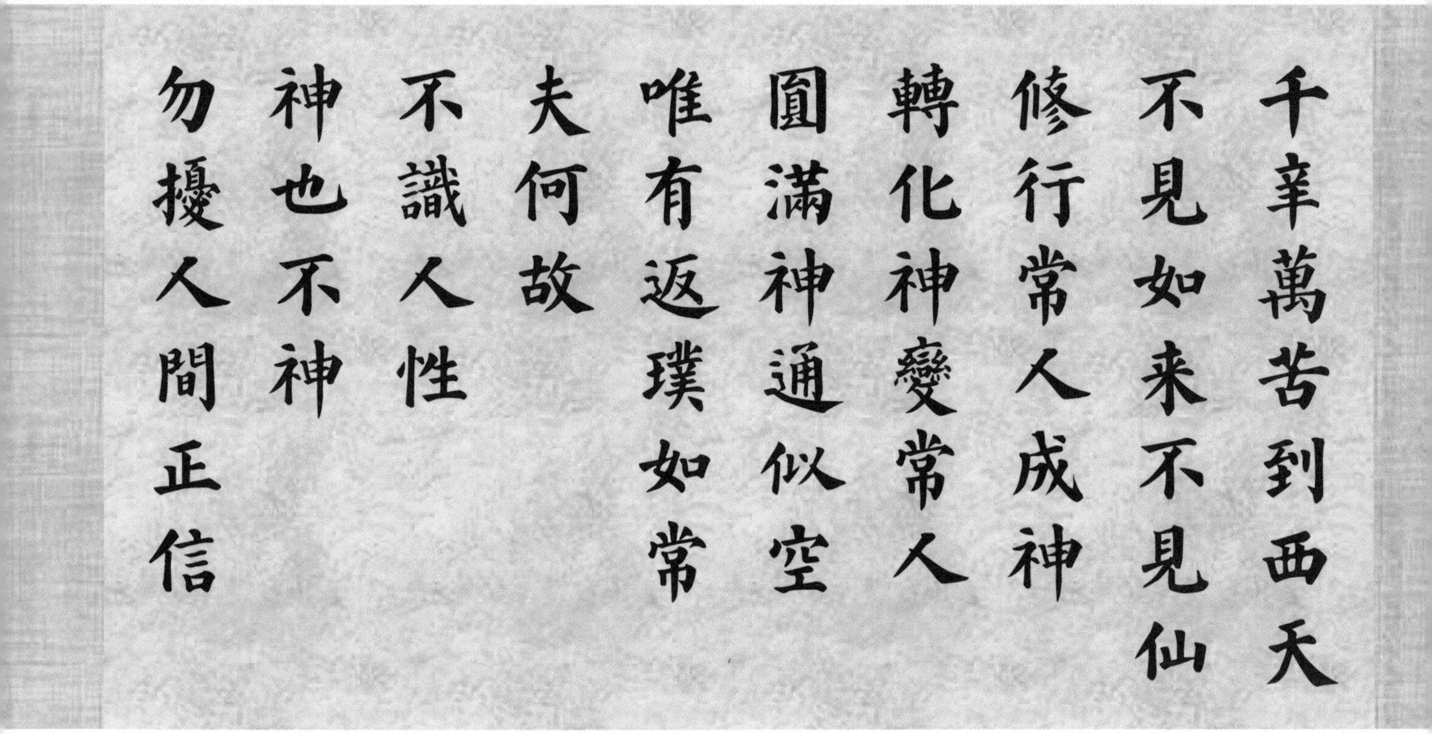
千辛萬苦到西天
不見如来不見仙
修行常人成神
轉化神變常人
圓滿神通似空
唯有返璞如常
夫何故
不識人性
神也不神
勿擾人間正信

第四十二章 千辛萬苦到西天

【正文】

千辛萬苦到西天，不見如來不見仙。修行常人成神，轉化神變常人。圓滿神通似空，唯有返璞如常。夫何故？不識人性，神也不神，勿擾人間正信。

【白話】

修者歷經千辛萬苦要圓滿了，然而這時往往卻見不到圓滿。修行的過程，是常人修成神的過程；轉化的過程，是神變成常人的過程。轉化時，圓滿和神通似乎都不存在，只是回歸到平常，好像返璞歸真。為什麼會這樣呢？因為一切都要同化人性。不瞭解人性，神也神不起來。只有神性而不通人性，這樣會干擾世人的正信。

大仁成生活
平淡如常更真
似常非常
非神似神
人身成金剛
邪者稱無形以離
為私之修
只顧出塵生悖逆
天河處處有
莫道過河不負舟

第四十三章 大仁成生活

【正文】

大仁成生活，平淡如常更真。似常非常，非神似神，人身成金剛。邪者稱無形以離；為私之修，只顧出塵生悖逆。天河處處有，莫道過河不負舟。

【白話】

大仁和生活逐漸熔為一體後，更平淡真實。這時修者看起來是常人，但不是尋常人；看起來不是神，但內在已有神的境界，這時人體淨化得和金剛一樣。有些邪悟的，稱自己無形了，就離開了大仁；有的脫離不了為私的修煉，只顧自己所謂的修煉，不惜和大仁對立起來，叫囂什麼學好了，以後可以不學了；有的還講，法只是渡人的船，過了河就不用背著船了。大仁是天下的法則，天河是無處不在的，哪里能過河呢？所以不要再以『過河不背船』為藉口，實際做出背離大仁的事。

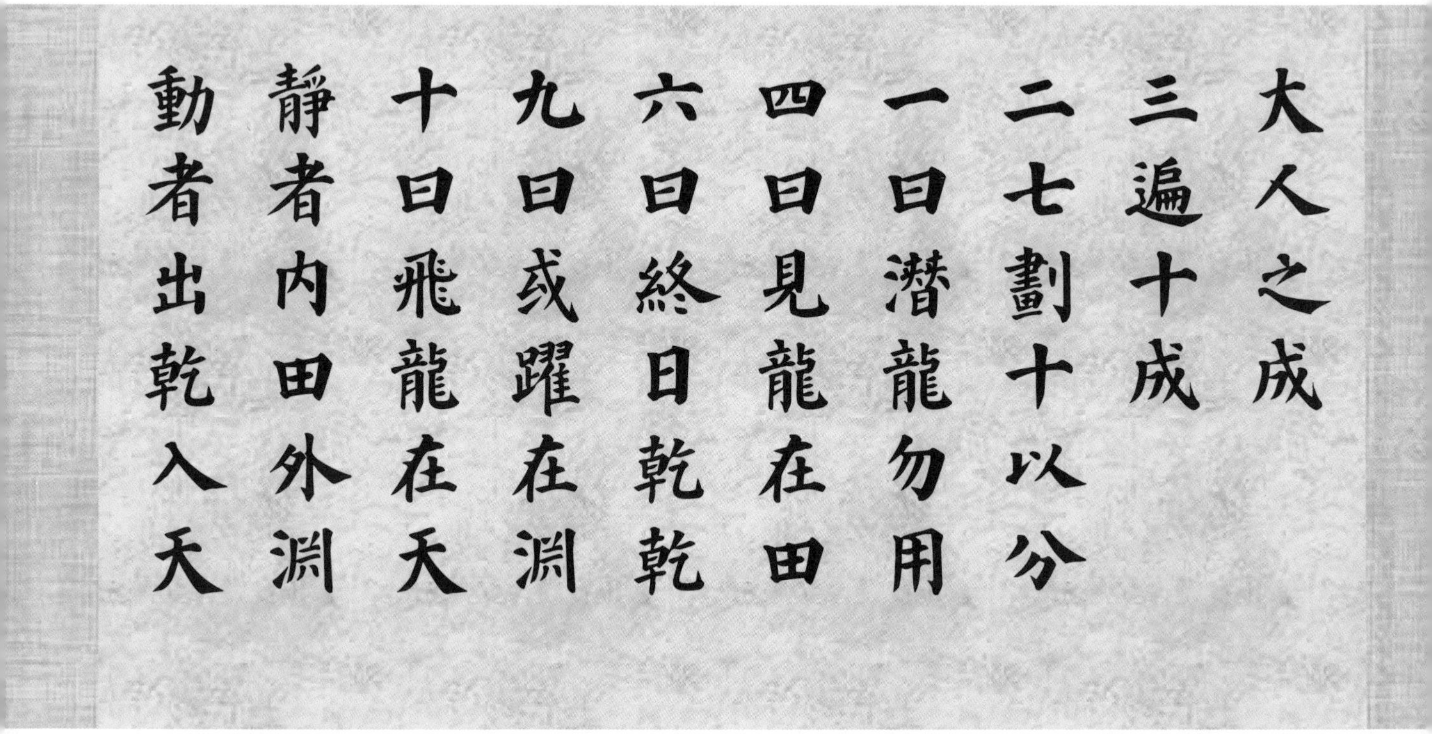
大人之成
三遍十成
二七劃十以分
一曰潛龍勿用
四曰見龍在田
六曰終日乾乾
九曰或躍在淵
十曰飛龍在天
靜者內田外淵
動者出乾入天

第四十四章 大人之成

【正文】

大人之成，三遍十成，二七劃十以分。一曰潛龍勿用，四曰見龍在田，六曰終日乾乾，九曰或躍在淵，十曰飛龍在天。靜者內田外淵，動者出乾入天。

【白話】

證實成人有三遍十成的演化表現。十成在二、七這裡劃分，有三大步驟，和三劍對應。中國傳統用龍比喻天，講天人一體，龍的演化也是天地人的演化。結合易經的乾卦，從常人起步，第一步前，打基礎，看不到效果，對應『潛龍勿用』；第四步前，可看到新身體在內部出現，並不斷長大，對應『見龍在田』；第六步前，在不斷活動，對應『終日乾乾』；第九步前，在外部出現，對應『或躍在淵』；最後大成，對應『飛龍在天』。一到四在內部，六到九在外部，都是較安靜地長大；而四到六，和九到一，都在活躍地運動。他們相互都是對應的。

第五篇　神傳

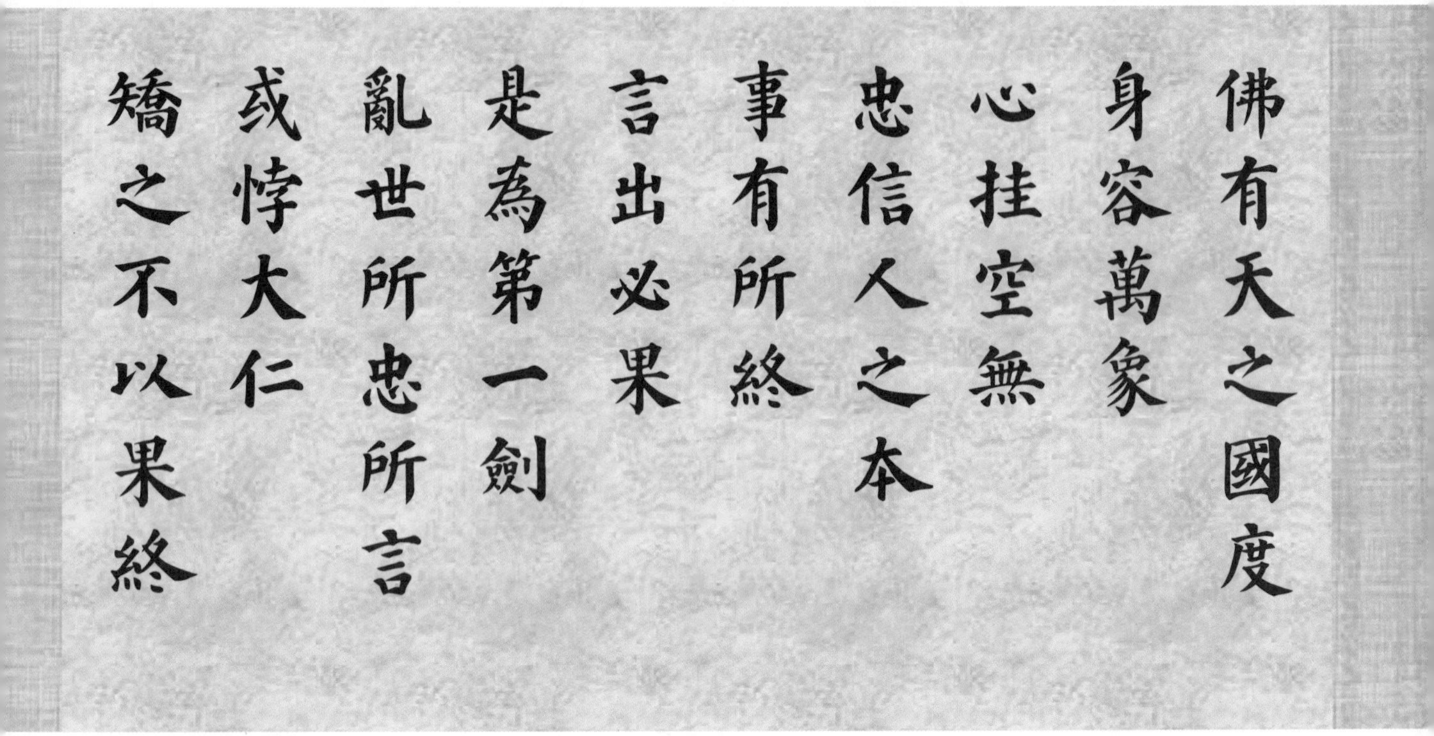
佛有天之國度
身容萬象
心挂空無
忠信人之本
事有所終
言出必果
是為第一劍
亂世所忠所言
或悖大仁
矯之不以果終

第四十五章 佛有天之國度

【正文】

佛有天之國度，身容萬象，心掛空無。忠信人之本，事有所終，言出必果，是為第一劍。亂世所忠所言，或悖大仁，矯之不以果終。

【白話】

佛有自己的天國世界，里面非常豐富，有眾多的生命和各種殊勝的美景。佛的境界沒有常人的任何執著，對常人來說好像是空的一樣。佛教和儒家都是中國傳統文化的重要部分，儒家講的忠信，是真正人的根本，真正的人應該做事有始有終，言而有信，這是作為人的第一劍。但是在亂世的第二劍環境中，人們所忠所說的，可能違背大仁，這時應該及時糾正，而不要兌現非人性的承諾，不要繼續履行非人性的事。

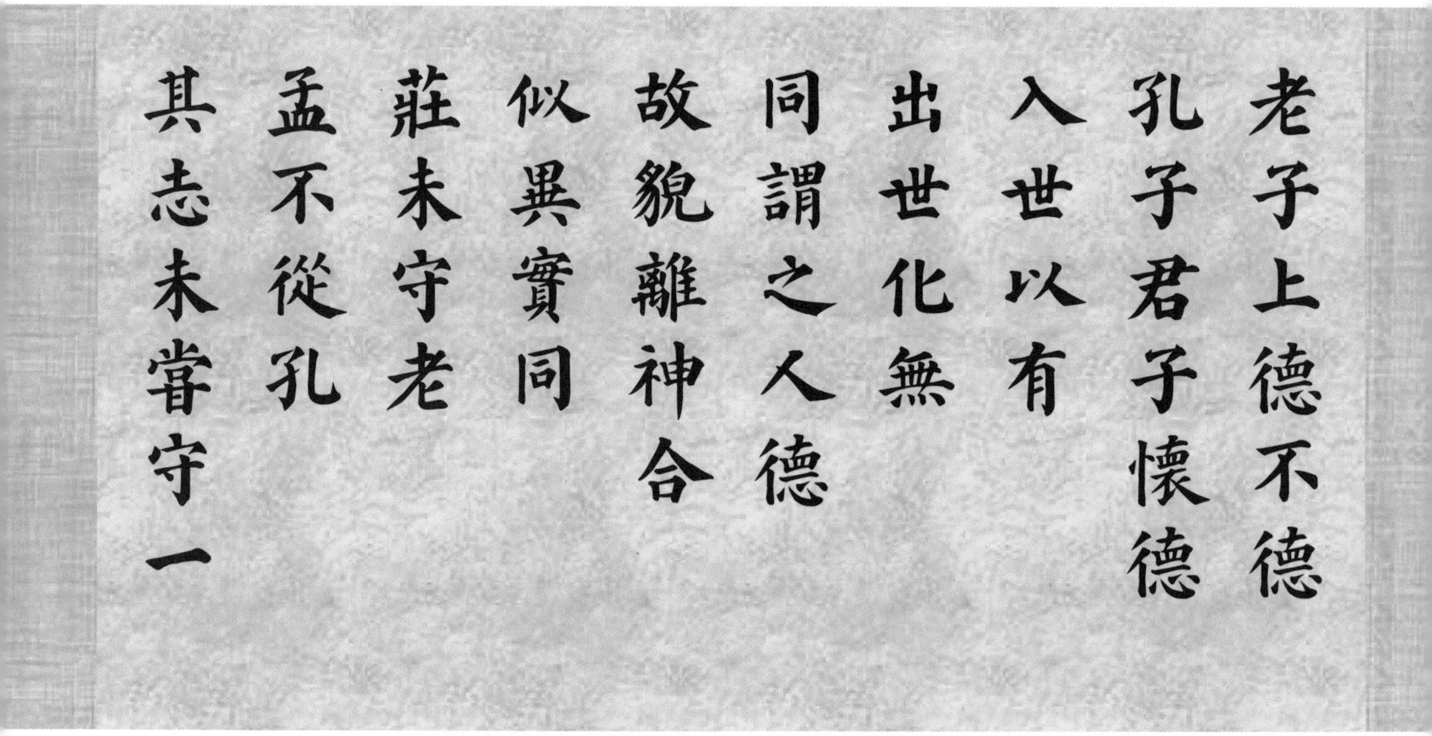
老子上德不德
孔子君子懷德
入世以有
出世化無
同謂之人德
故貌離神合
似異實同
莊未守老
孟不從孔
其志未嘗守一

第四十六章 老子上德不德

【正文】

老子上德不德，孔子君子懷德，入世以有，出世化無，同謂之人德。故貌離神合，似異實同。莊未守老，孟不從孔，其志未嘗守一。

【白話】

老子講上德不德，孔子講君子懷德，孔子講的德是入世狀態，老子講的超越有德，是出世狀態。這兩種德都是人應有的德，只不過一個是有形表現，一個是昇華到無形的表現。所以老子和孔子講的表面看起來不同，實際他們的內涵卻是一致的。人們常說老莊都是道家，孔孟都是儒家，但根本上看，莊子未必在守老子的精神，孟子未必在跟隨孔子的腳步，他們的志向未必一致。

佛道之空無
常人之執去
故佛道殊勝
不遠常人
去無去空亦有
名之如意正法
其門自如
不受佛道之箍
自我為霸甚於人
將失人之有

第四十七章 佛道之空無

【正文】

佛道之空無，常人之執去。故佛道殊勝，不遠常人。去無去空亦有，名之如意正法。其門自如，不受佛道之箍。自我為霸甚於人，將失人之有。

【白話】

佛道講的空無，是常人的各種執著已經沒有了。所以說，佛道的境界雖然偉大殊勝，但是距離常人還不算太遠，畢竟只是脫離了常人的執著。就算達到了空無的境界，可是去掉空無的執著以後，還有更高的境界，可以叫做如意正法。這個法門很自如，不受佛道的規矩約束。自如也應該有尺度，也應該是為人的。如果太過強調自我和所謂霸氣，甚至超過對待人，那就會變為為私的，還是舊的，那樣就會失去人的樣子。

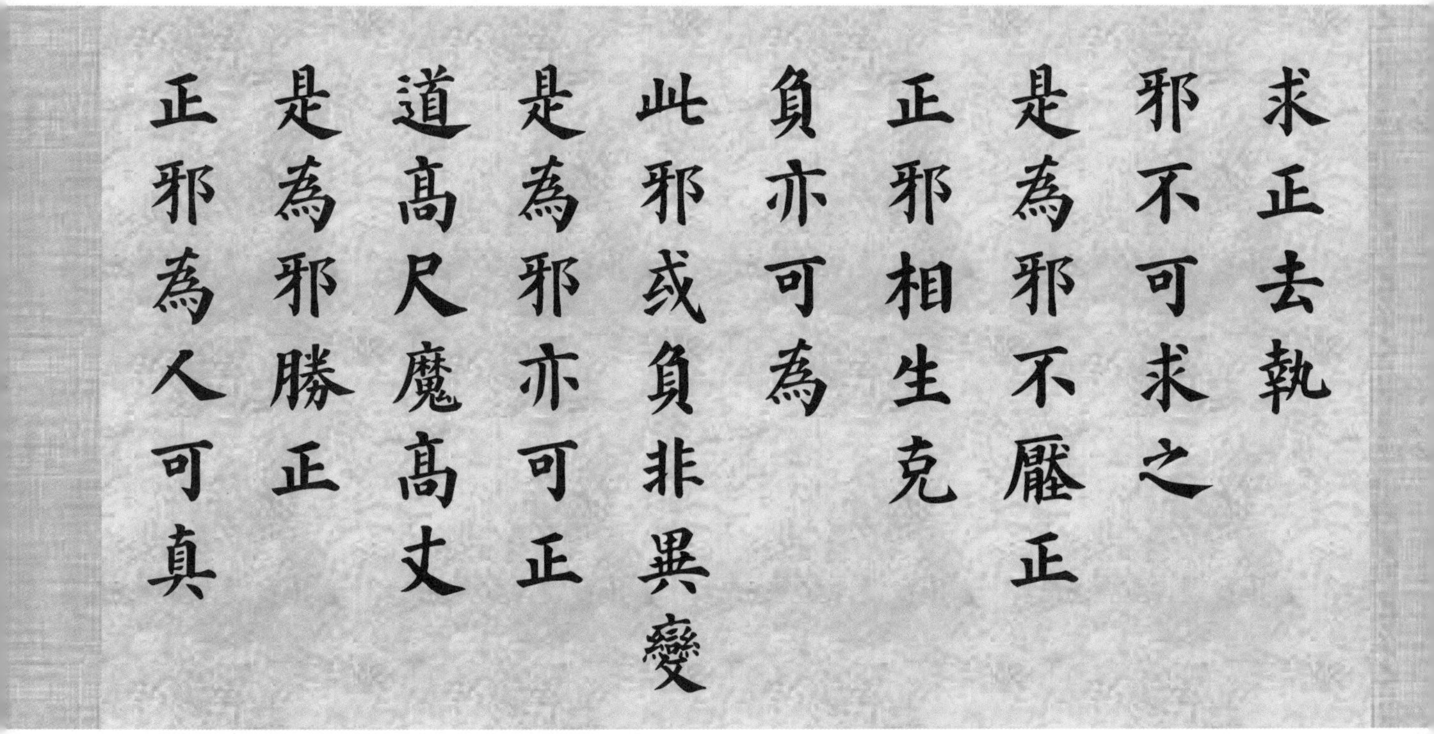
求正去執
邪不可求之
是為邪不壓正
正邪相生克
負亦可為
此邪或負非異變
是為邪亦可正
道高尺魔高丈
是為邪勝正
正邪為人可真

第四十八章 求正去執

【正文】

求正去執，邪不可求之，是為邪不壓正；正邪相生克，負亦可為，此邪或負非異變，是為邪亦可正；道高尺，魔高丈，是為邪勝正；正邪為人可真。

【白話】

只有求正才能去掉執著，不能追求邪的東西，這叫做『邪不壓正』；負的手段只要為人也可以成立，正邪之間有相生相克的表現，這種邪有負的表現，但只要能夠為人，還不是異變，這叫做『邪的也能成為正的』；道高一尺，魔高一丈，這種表現有時也存在，如果從縱向看，邪法在更高境界也有體現。無論正邪，只要能夠是為人而用，都有未來。

戰為人則有道
惡之戰滅人
人之戰決事
熱血論武
同顏共灶
待敵以人不失義
何為敵
皆人
謀人信而諜
將受滅之劫

第四十九章 戰為人則有道

【正文】

戰為人則有道。惡之戰滅人，人之戰決事。熱血論武，同顏共灶，待敵以人不失義。何為敵？皆人。謀人信而諜，將受滅之劫。

【白話】

戰爭如果是為人的，也可以合乎道的要求。有的戰爭很邪惡，以消滅人為目的；但真正人的戰爭，只針對事情，而不害人。有血性、講武力，也是人性的一部分。有的戰爭中，戰事之餘可以在同一口鍋里吃飯；打仗時也講原則，不會傷害對方的臉，好像愛護自己的臉一樣。在人的戰爭中，把敵方也當作人對待，這樣才不失大義。在人的戰爭中，誰是敵人？其實雙方都是普通的人，沒有所謂的敵人。真正的敵人只有非人性的東西。信是人的根本，所以利用人的信任，而作特務間諜的，將來不允許有。

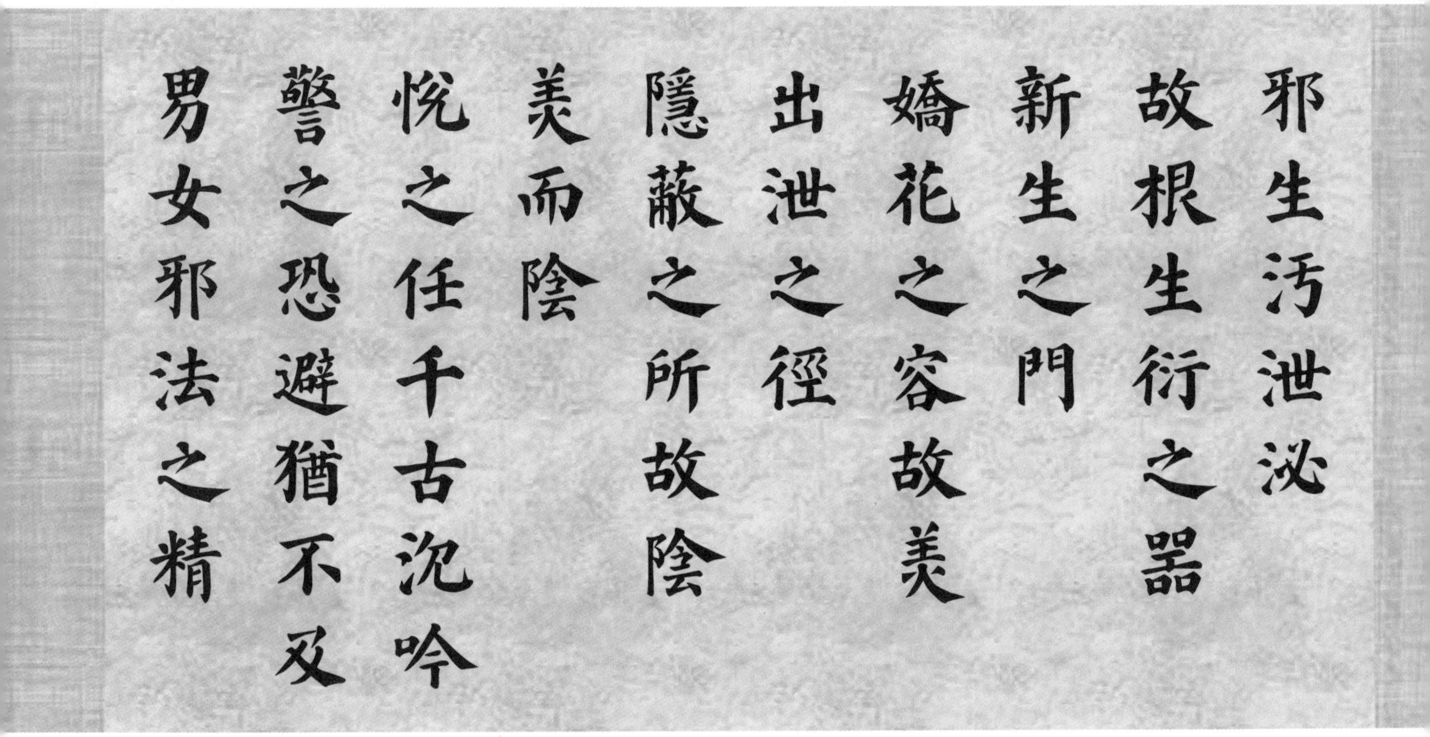
邪生污泄泌
故根生衍之器
新生之門
嬌花之容故美
出泄之徑
隱蔽之所故陰
美而陰
悅之任千古沉吟
警之恐避猶不及
男女邪法之精

第五十章　邪生汙泄泌

【正文】

邪生汙泄泌，故根生衍之器。新生之門，嬌花之容，故美；出泄之徑，隱蔽之所，故陰；美而陰，悅之任千古沉吟，警之恐避猶不及。男女邪法之精。

【白話】

邪法和做壞事、排污垢等有關，所以邪法的根直接和生殖器官有聯繫。這個部位是新生兒降臨世界的門戶，對應在植物上是花，這些都是美好的表現，所以邪法有美的一面；這個部位也是排泄的通道，是很隱蔽的地方，所以邪法也有陰暗的一面；既美又陰，是邪法的顯著特點。人們喜愛謳歌男女真愛的篇章，許多作品流傳千古，世代吟唱；可是人們對男女的事，又很敏感警覺，有時都恐怕躲避不及。所以說，男女的表現，是邪法的典型代表。

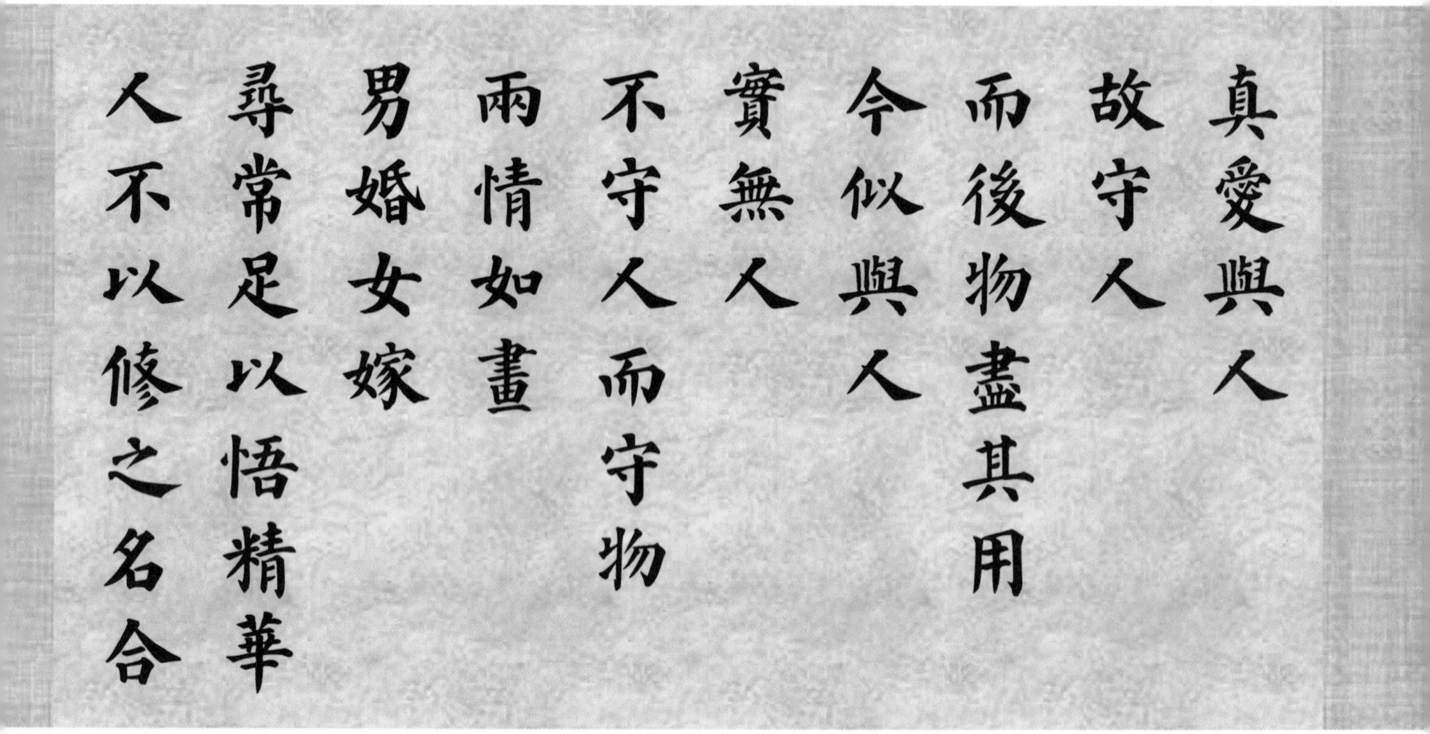
真愛與人
故守人
而後物盡其用
今似與人
實無人
不守人而守物
兩情如畫
男婚女嫁
尋常足以悟精華
人不以修之名合

第五十一章 真愛與人

【正文】

真愛與人，故守人，而後物盡其用；今似與人，實無人，不守人而守物。兩情如畫，男婚女嫁，尋常足以悟精華。人不以修之名合。

【白話】

真愛是給予人的天性，真愛是跟人的，所以人們應該守住自己的人，然後根據實際情況，再去使用各種物質形式；今天有的人看起來是和人談情說愛，實際卻沒有人，所以這樣的人做不到守人，而只是維護自己執著的物質形式。兩情相悅，像畫一樣美麗；男婚女嫁，過著平凡的家庭生活，這些都是人們正常生活的表現。在這些正常生活中做好身邊的事，足以領悟到邪法的精華，所以不需要另外做什麼極端的事。真正的人，不應該用修煉的名義，去做男女的事。

亂世情濁
守婚者隨結而合
婚去再作
從緣者得遇而合
緣盡似過
追功利從欲而合
幾同獸物
非婚緣利欲
不可取
守人而後可有

第五十二章 亂世情濁

【正文】

亂世情濁。守婚者隨結而合，婚去再作；從緣者得遇而合，緣盡似過；追功利從欲而合，幾同獸物。非婚、緣、利、欲不可取，守人而後可有。

【白話】

亂世中的情很渾濁。執著婚姻的，和誰結婚就和誰一起，離婚了，還可以找誰再婚；執著緣分的，遇到誰就和誰一起，所謂緣分盡了，就分開，好像陌路一樣；還有追求功利和欲望的，誰有功利或能滿足欲望，就和誰一起，這種就和動物、物質類似了。不是說婚姻、緣分、功利、欲望不能夠有，而是人們應該在跟人的基礎上，再有這些物質或形式。

女性的威嚴
證大仁而宣
為母縱羸弱
以帝王將相之悍
孝而不慢
為妻縱嬌虛
以孔武之軀
親而相濡
女亦為人
不唯生養貞

第五十三章　女性的威嚴

【正文】

女性的威嚴，證大仁而宣。為母縱羸弱，以帝王將相之悍，孝而不慢；為妻縱嬌虛，以孔武之軀，親而相濡。女亦為人，不唯生、養、貞。

【白話】

女性的威嚴，通過證實大仁而得到。作為母親，即使力量有限，但是以帝王將相這樣有著過人的能力，也會對母親孝敬而不怠慢；作為妻子，即使顯得嬌弱，以男人高大有力的身體，也不會以強欺弱，而會和妻子彼此相親，相濡以沫。女人也是人，應該有女性的威嚴，而不僅僅是生兒育女、貞潔這類事情。作為男人，應該協助女人，圓容她們女性的威嚴，這樣的話，男性的威嚴也自然在其中了。

承上啓下
以有入無
概名轉化
故得之體
可同現於天地
美不過花季
故翻花為道
出舊往新之盛禮
路轉見師不迷
或起或居不執

第五十四章 承上啟下

【正文】

承上啟下，以有入無，概名轉化。故得之體，可同現於天地。美不過花季，故翻花為道，出舊往新之盛禮。路轉見師不迷，或起或居不執。

【白話】

可以做到承上啟下，從有形到無形的事情，通常叫做『轉化』，也叫『過渡』。所以說，如果能得到轉化本體，就可以在天上地上同時顯現，因為他可以同時兼備兩種不同的狀態。花季是最美麗的時候，無論是鮮花盛開的季節，還是青春少年的時候。所以翻開盛開的鮮花，鋪設出來的道路，可以作為慶賀辭舊迎新的盛禮。修行路上遇到轉折的時候，往往感到困惑，在那個境界中見到師上，就可以解開迷惑。在哪個境界見到師上，在這邊無論是起居飲食，都是可能的，不用執著這邊的時間、地點。

思大若世界
以身之有
從於思之無
常人之思
唯主己心
神佛之思
法身廣巡
萬衆將以順
大仁之思
天地所共尊

第五十五章 思大若世界

【正文】

思大若世界。以身之有，從於思之無。常人之思，唯主己心；神佛之思，法身廣巡，萬眾將以順；大仁之思，天地所共尊。

【白話】

思想很重要，思想是有生命的，也是一個世界。身體是有形的，卻要跟從無形的思想。常人的思想，只能支配自己；神佛的思想，也叫做法身，可以在很廣大的範圍巡遊，無量的眾生都在順應神佛的意志；大仁的思想是為人的，整個天地都應該共同遵守。

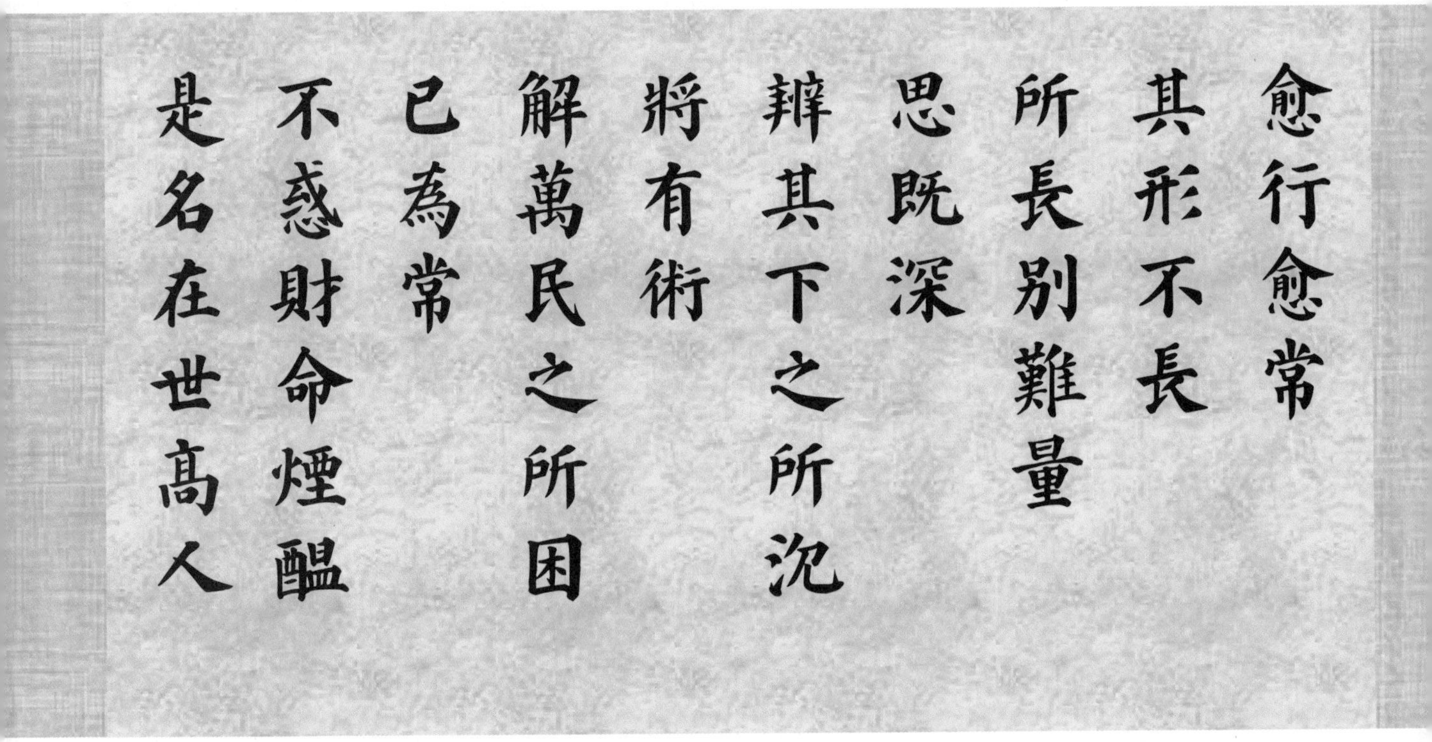
愈行愈常
其形不長
所長別難量
思既深
辨其下之所沉
將有術
解萬民之所困
已為常
不惑財命煙醞
是名在世高人

第五十六章 愈行愈常

【正文】

愈行愈常，其形不長，所長別難量。思既深，辨其下之所沉；將有術，解萬民之所困；已為常，不惑財命煙醞。是名在世高人。

【白話】

人們開始修煉時，往往離常人越來越遠。可是修到一定境界以後，反而會距離常人越來越近，這叫做『越走越常人』。這時有形的一面基本已固定，不再增長變化，要增長的是無形的一面，這部分就不容易看出來。思想很深邃深刻時，能察覺他以下境界的各種執著；有本事時，好像通神一樣，做事可以達到高度的藝術性，也能幫人們解決許多困難；這時表面很像常人，不會再為周易、術類、命運等事情迷惑，也不會為到底要不要錢財、能不能觸碰煙酒等問題而困惑了。這時可以稱他為在世高人。

路由心生
行從性起
路行必見心性
大智若愚
異心同象
私有舍予
同心異象
故象裏心藏
唯象者淺
有道者知所藏

第五十七章 路由心生

【正文】

路由心生，行從性起，路行必見心性。大智若愚，異心同象；私有舍予，同心異象；故象裏心藏。唯象者淺，有道者知所藏。

【白話】

什麼樣的心境，就會有什麼樣的道路；所有的行為，都是由人們自己的心性決定的。所以看到一個人走的路，看到一個人做的事，就能知道他的心性。但一方面，有大智若愚的狀態，這是不同內在，卻有相同外在的表現；另一方面，無論獲取利益，還是放棄利益，都可能是為私的，這是同樣內在，卻有不同外在的表現。所以說，表面現象里有不同心性隱藏著。只看到表面現象是淺薄的，有道的人可以看到現象背後的實質。

第六篇　降魔

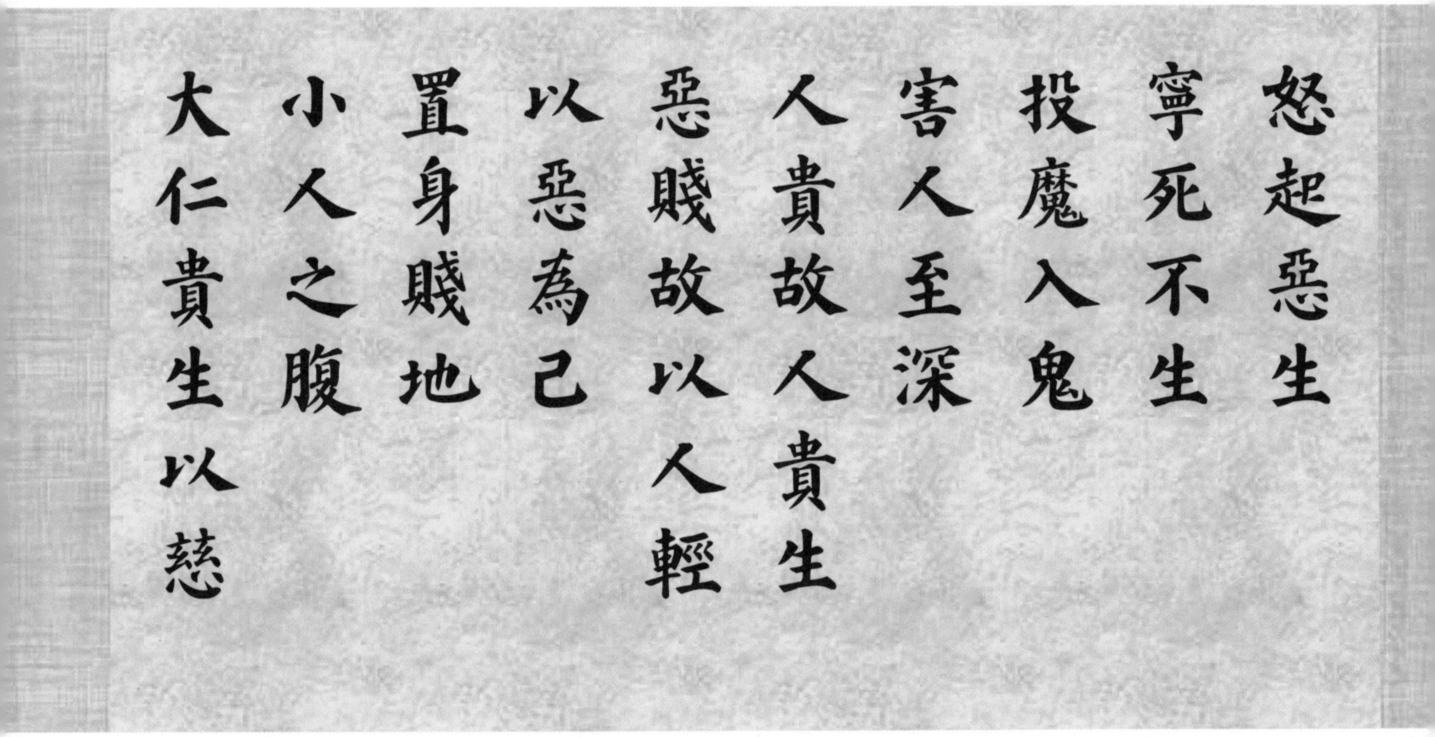
怒起惡生
寧死不生
投魔入鬼
害人至深
人貴故人貴生
惡賤故以人輕
以惡為己
置身賤地
小人之腹
大仁貴生以慈

第五十八章 怒起惡生

【正文】

怒起惡生，寧死不生，投魔入鬼，害人至深。人貴故人貴生，惡賤故以人輕。以惡為己，置身賤地，小人之腹。大仁貴生以慈。

【白話】

憤怒氣恨的時候，惡念就膨脹起來，這時往往沒有理智，為了一點觀念或小事，寧可丟掉性命也要那麼幹，這就是投身妖魔，加入小鬼的表現，非常害人。人是最珍貴的，所以真正的人一定會珍惜生命；邪惡是最低賤的，所以惡念會輕視人的生命。把惡念當作自己，將自己置身於低賤位置，這是小人做的事。大仁的人應慈悲地珍惜生命。

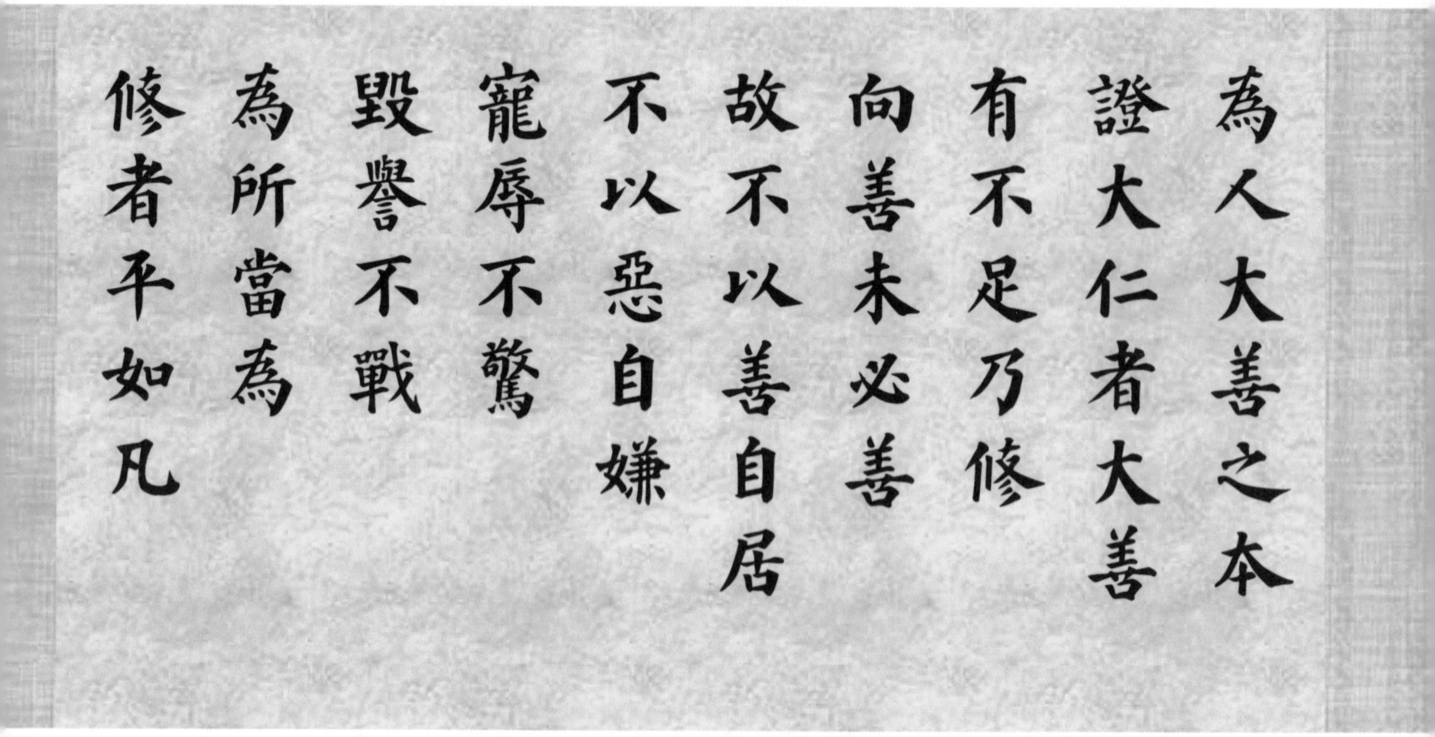
為人大善之本
證大仁者大善
有不足乃修
向善未必善
故不以善自居
不以惡自嫌
寵辱不驚
毀譽不戰
為所當為
修者平如凡

第五十九章 為人大善之本

【正文】

為人大善之本，證大仁者大善。有不足乃修，向善未必善。故不以善自居，不以惡自嫌。寵辱不驚，毀譽不戰，為所當為，修者平如凡。

【白話】

所做的一切都是為了人，有著無私為他的基點，這是大善的根本；證實大仁是大善之舉，證實大仁的人有大善的一面。可是向善的人，有不足才要修煉，未必已達到完全的善，這是還會有不足的一面。所以說，修煉的人不應該以自己是好人來自居，也不應以自己有不足而妄自菲薄。修煉的人應該寵辱不驚，無論受到讚揚還是遭到詆毀，都不被帶動得心里發抖，而是應該繼續做好自己該做的，保持平凡正常的心態。

畏難不進
懈怠心昏昏
自大失真
小過但指正
無視小過
一錯再錯
漸積成大過
私募財散邪穢
禍及安危
自築高墻難歸

第六十章　畏難不進

【正文】

畏難不進，懈怠心昏昏；自大失真，小過但指正。無視小過，一錯再錯，漸積成大過。私募財，散邪穢，禍及安危，自築高牆難歸。

【白話】

遇到一點困難，就裹足不前；懈怠起來，心思昏昏沉沉的；自負自大起來，就目中無人，看不到真像。一般的過失或異常表現，指正出來，及時糾正，那就沒有什麼損失。如果對小的過失不重視，一錯再錯，逐漸積累，發展到後來變成大的過失，變為可能在人們中做出私募錢財、散佈邪悟或其他骯髒思想，甚至是危及到安全的事情，這就是他給自己的修煉製造麻煩，築起高牆擋住了自己的修煉道路，以後就很難回歸了。

高墻似山
指正已不濟
多學行善反逆
原地挽回
坦而糾
高墻成灰
自稱無謂
掩而避
高墻崔巍
大過觀所為

第六十一章 高牆似山

【正文】

高牆似山，指正已不濟，多學行善反逆。原地挽回，坦而糾，高牆成灰；自稱無謂，掩而避，高牆崔巍。大過觀所為。

【白話】

大的過失形成的修煉障礙，好像是山一樣險峻的高牆，很難逾越過去，這時僅僅指正一下已經解決不了問題。如果不能面對問題，那麼即使再去多學習、多做好事，也只能走向反面。正確的辦法只有正面面對問題，原地挽回損失，坦誠地糾正錯誤，那麼高牆自然會化成灰而消散；如果這時自己還覺得無所謂，掩蓋或回避問題，那麼高牆只會變得更加高大而難以逾越。要想挽回大的過失，不是簡單指正就能解決，必須看他的真實行為。

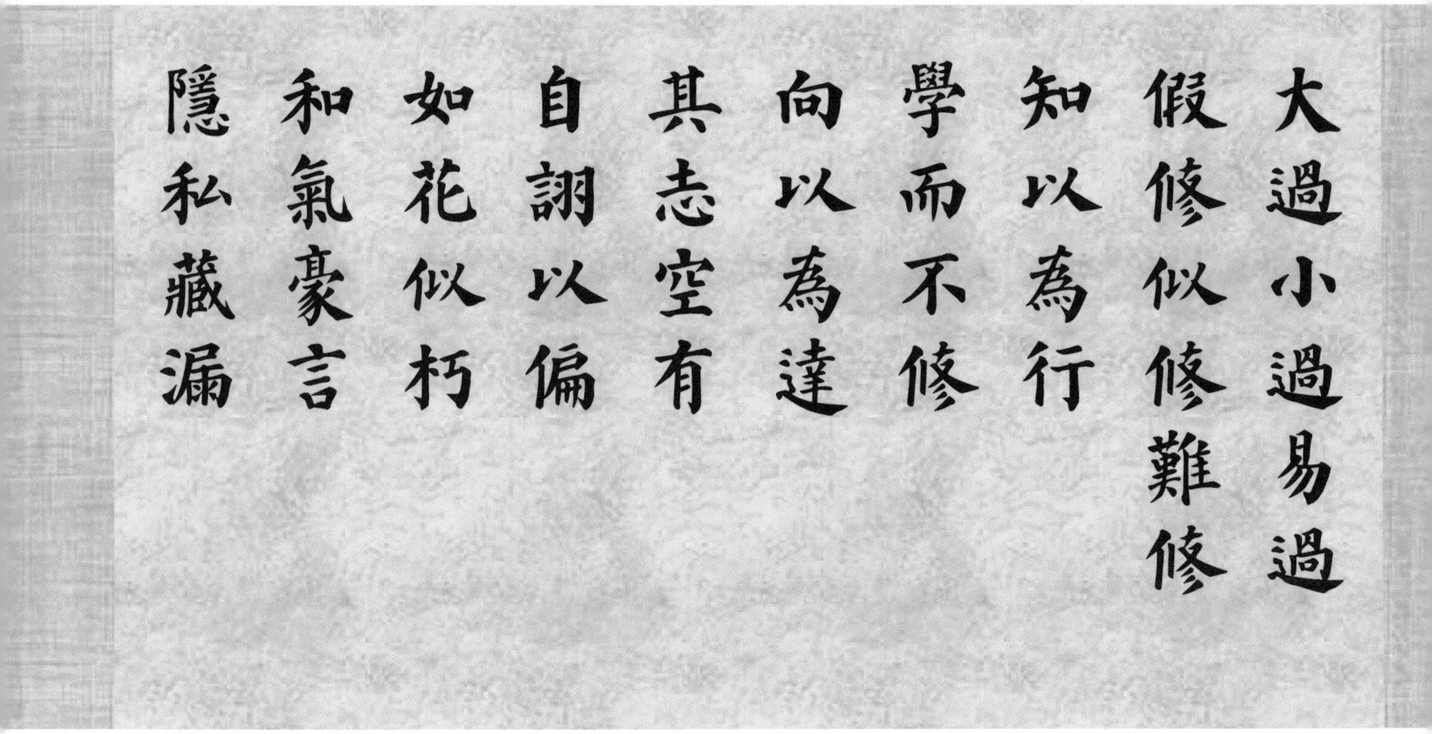
大過小過易過
假修似修難修
知以為行
學而不修
向以為達
其志空有
自詡以偏
如花似朽
和氣豪言
隱私藏漏

第六十二章 大過小過易過

【正文】

大過小過易過，假修似修難修。知以為行，學而不修；向以為達，其志空有；自詡以偏，如花似朽；和氣豪言，隱私藏漏。

【白話】

無論大過還是小過，因為都容易察覺，所以對真修者來說，只要下定決心想過去，都容易過去。但有些假修的，看起來像是在修煉，其實不是修煉，這些表面就不容易看出來了，所以更難走出來。比如說，把學知識當作修煉，其實不實修；把向往修煉的美好願望，當作自己已經做到了，這樣的修煉很空洞；總覺得自己修煉得不錯，感覺自己像花一樣好，或者反過來覺得自己像朽木一樣根本不行，這些都是偏激的做法；執著表面的和氣，或者說一些不實際的豪言誓語，看起來似乎不錯，但都不真實，其實背後都有為私的因素，是有漏的。

重大關頭
一念定去留
千里歸鄉
晝工夜續
大仁第一劍
何以惟茶餘
非强為
適其時
萬里會師
大仁全職

第六十三章 重大關頭

【正文】

重大關頭，一念定去留。千里歸鄉，晝工夜續，大仁第一劍，何以惟茶餘？非強為，適其時，萬里會師，大仁全職。

【白話】

修煉走到一定時候，會出現重大階段，這時往往一念之間，就能考驗是否能提高上來。人們逢年過節，哪怕千里之遙，也擋不住歸鄉的腳步；人們忙於賺錢工作，可以日以繼夜、不辭辛勞地做。大仁生活既然是做人的第一劍正確方向，為什麼卻只能在茶餘飯後，應付一下似的去做呢？不是要強為，而是有條件、時機成熟的時候，真修的人可以不遠萬里來到師上身邊，可以全心全意地做大仁的事情。這裡面也有三劍的表現。

入魔以為道
妄言稱佛
降魔將成佛
大話若魔
真假不辨
誠修亦無成
大仁生活
真像明
參照行
真修必成

第六十四章 入魔以為道

【正文】

入魔以為道，妄言稱佛；降魔將成佛，大話若魔。真假不辨，誠修亦無成。大仁生活真像明，參照行，真修必成。

【白話】

被魔障控制了察覺不到，卻妄言自己就是佛，以為自己得道了，這是『以為有基點』；走出魔障，快要圓滿成佛了，這時還沒完全擺正兩邊的關係，說話口氣比較大，好像說的是魔話一樣。這兩種情況，表面很類似，都像在說大話，可是其中有真有假。大過小過、假修、以為有基點等等，如果其中的問題不能分辨，沒有給修者指出來，那麼即使是真修的人，也根本無法修出來。大仁生活講明了真像，人們只要跟上照做就可以了，所以在大仁生活中，真修者一定能修出來。

八仙過海
仙得其法
九霄凌雲
霄有其身
主尊自强
萬魔莫能阻
主喪其志
小鬼驅作奴
降魔以法
主獲其身

第六十五章 八仙過海

【正文】

八仙過海，仙得其法；九霄凌雲，霄有其身。主尊自強，萬魔莫能阻；主喪其志，小鬼驅作奴。降魔以法，主獲其身。

【白話】

八仙之所以能過海，是這些神仙各自得到了那樣的法力；九霄之所以能夠在雲端之上，是霄具有那樣的身體。人們如果能夠清醒地自己做主，什麼魔障也攔不住他的修煉道路；如果人們喪失了自己做主的意志，那麼小鬼也能把他當作奴隸驅使。通過同化大仁，可以降伏魔障；降伏魔障，可以獲得大仁的智慧，然後真正的自己，才能得到自己的真身。

自有萬物
獨成體系
可謂大自然
於學於藝
開宗立派
可以為師長
相吸相斥一體
有形無形共生
身之所以貴
天下盡藏

第六十六章 自有萬物

【正文】

自有萬物，獨成體系，可謂大自然。於學於藝，開宗立派，可以為師長。相吸相斥一體，有形無形共生。身之所以貴，天下盡藏。

【白話】

能夠容納豐富繁多的生命物種，成為獨立的體系，這可以說是一個大自然、大造化了。這體現在學術或技藝方面，就像是能夠開宗立派的一代宗師，這是他有資格作為師長的依仗。整個宇宙、包括人類社會，都有類似的特點。作為一個大自然，里面有的相互吸引，有的相互排斥，但他們卻是一體的；有形和無形的在一起，形成了豐富完整的系統。人的身體之所以珍貴，有一個原因是，天下的萬事萬物都能收藏在里面。

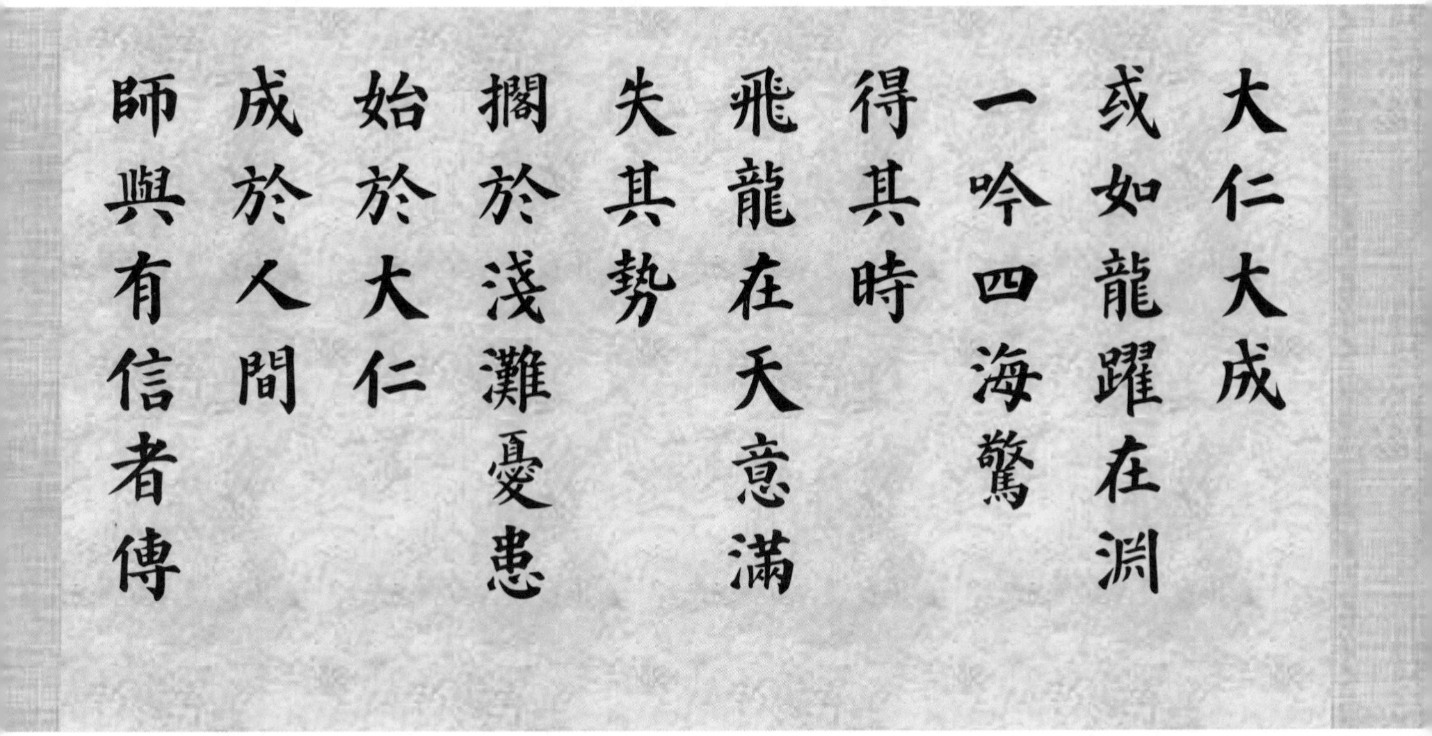
大仁大成
或如龍躍在淵
一吟四海驚
得其時
飛龍在天意滿
失其勢
擱於淺灘憂患
始於大仁
成於人間
師與有信者傳

第六十七章 大仁大成

【正文】

大仁大成，或如龍躍在淵，一吟四海驚。得其時，飛龍在天意滿；失其勢，擱於淺灘憂患。始於大仁，成於人間，師與有信者傳。

【白話】

大仁充實到大有成就時，好像龍躍出深水一樣，這時哪怕只有一聲輕微的龍吟，只是正常地做他自己的事，就足以讓四海震驚，讓天下都知道他。人們往往有本事時，覺得飛龍在天般自在，容易志得意滿；而形勢不好時，又像龍擱淺灘一樣，魚蝦都來欺負，心中憂患不已。這兩種狀態都容易導致只看到自己，而忘記大仁的基點。修煉的人從接觸大仁開始，逐漸在人間成就，所以即使有了很大的本事，或者面對其他的形勢好壞，也不會對大仁有悖逆的想法，這樣能夠堅持到最後的人，才能得到真本事。

第七篇　巔峰

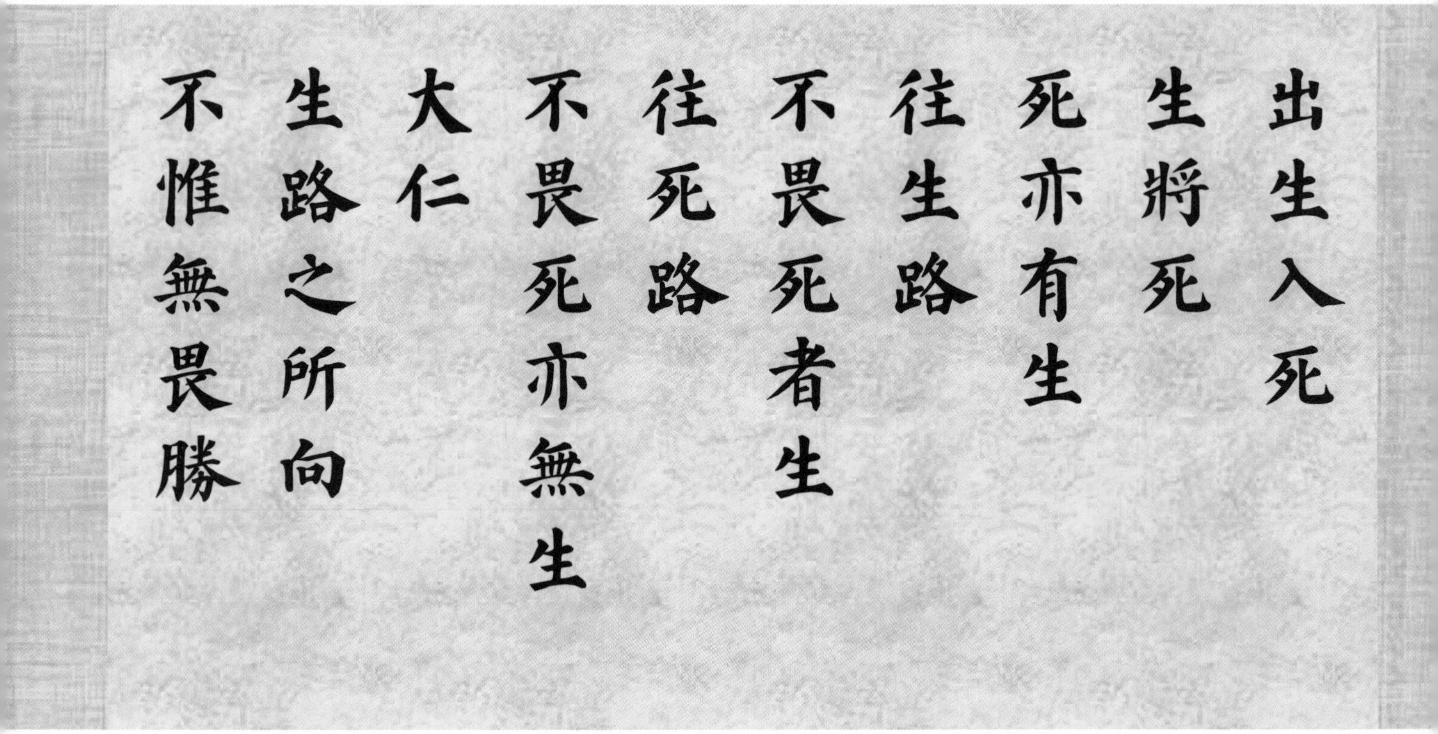
出生入死
生將死
死亦有生
往生路
不畏死者生
往死路
不畏死亦無生
大仁
生路之所向
不惟無畏勝

第六十八章 出生入死

【正文】

出生入死。生將死，死亦有生。往生路，不畏死者生；往死路，不畏死亦無生。大仁，生路之所向，不惟無畏勝。

【白話】

出生和死亡，似乎總聯繫在一起。出生了，意味著將有死亡；死亡，往往是新生的開始。走向生路，不畏懼死亡才能最終獲得生路；走向死路，即使不怕死，還是死路。所以說不怕死，也得有正確的方向，不然也是徒勞無益。大仁生活是生路，但不是僅僅無所畏懼就能達到，所做的一切都得符合大仁的標準才行，這才是走在通向大仁的生路上。

求生求死
有所貴
有所不貴
有所畏
有所不畏
貴生以貪生
無畏以喪生
安可貴
貴生與無畏
皆以人為貴

第六十九章 求生求死

【正文】

求生求死，有所貴，有所不貴；有所畏，有所不畏。貴生以貪生，無畏以喪生，安可貴？貴生與無畏，皆以人為貴。

【白話】

在生命的生死存亡過程中，珍惜生命不是氾濫地對什麼都珍惜，無所畏懼也不是氾濫地對什麼都不怕，應該有所珍惜，有所不珍惜；有所畏懼，有所不畏懼。比如說，藉口所謂珍惜生命，實際是貪生怕死；或者要證明自己什麼都不怕，就去無謂地犧牲，甚至失去生命；這些表現怎麼能說是可貴的呢？所以說，珍惜生命和無所畏懼，都要有人的基點。珍惜人性的一面，無畏非人一面的阻礙，這樣做才是真的可貴。

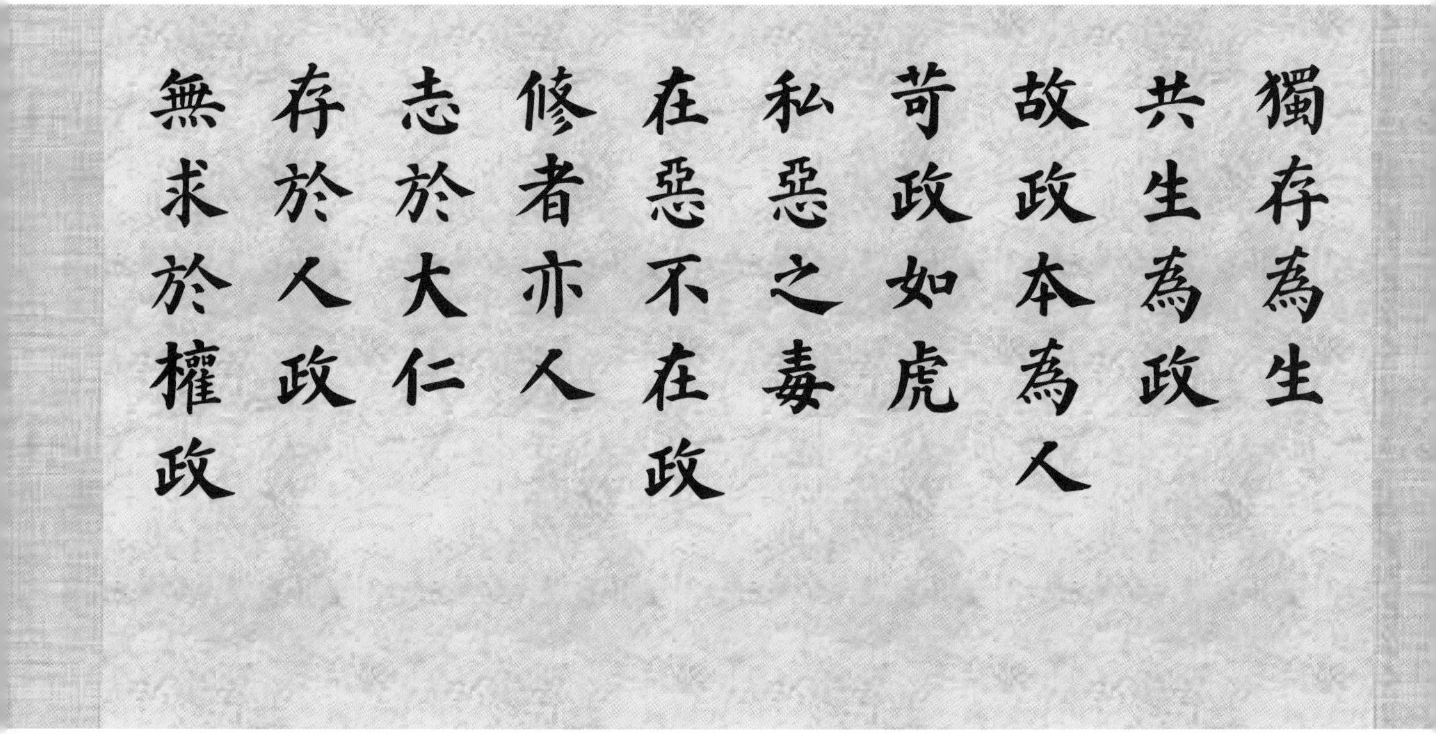
獨存為生
共生為政
故政本為人
苛政如虎
私惡之毒
在惡不在政
修者亦人
志於大仁
存於人政
無求於權政

第七十章　獨存為生

【正文】

獨存為生，共生為政，故政本為人。苛政如虎，私惡之毒，在惡不在政。修者亦人，志於大仁，存於人政，無求於權政。

【白話】

一個人過日子，只是個人的生活；一群人共同生活，就會面臨管理問題，這就是政治。所以，政治本來也是為了人而用的。過去說『苛政如虎』，那是當政者有為私為惡因素造成的，而並不是政治本身的問題。修煉者也是人，也有集體生活，所以也會存在於為人的政治中；同時，修煉者是想要同化大仁的人，雖然在為人的政治中，但不會對政治權利有什麼訴求。

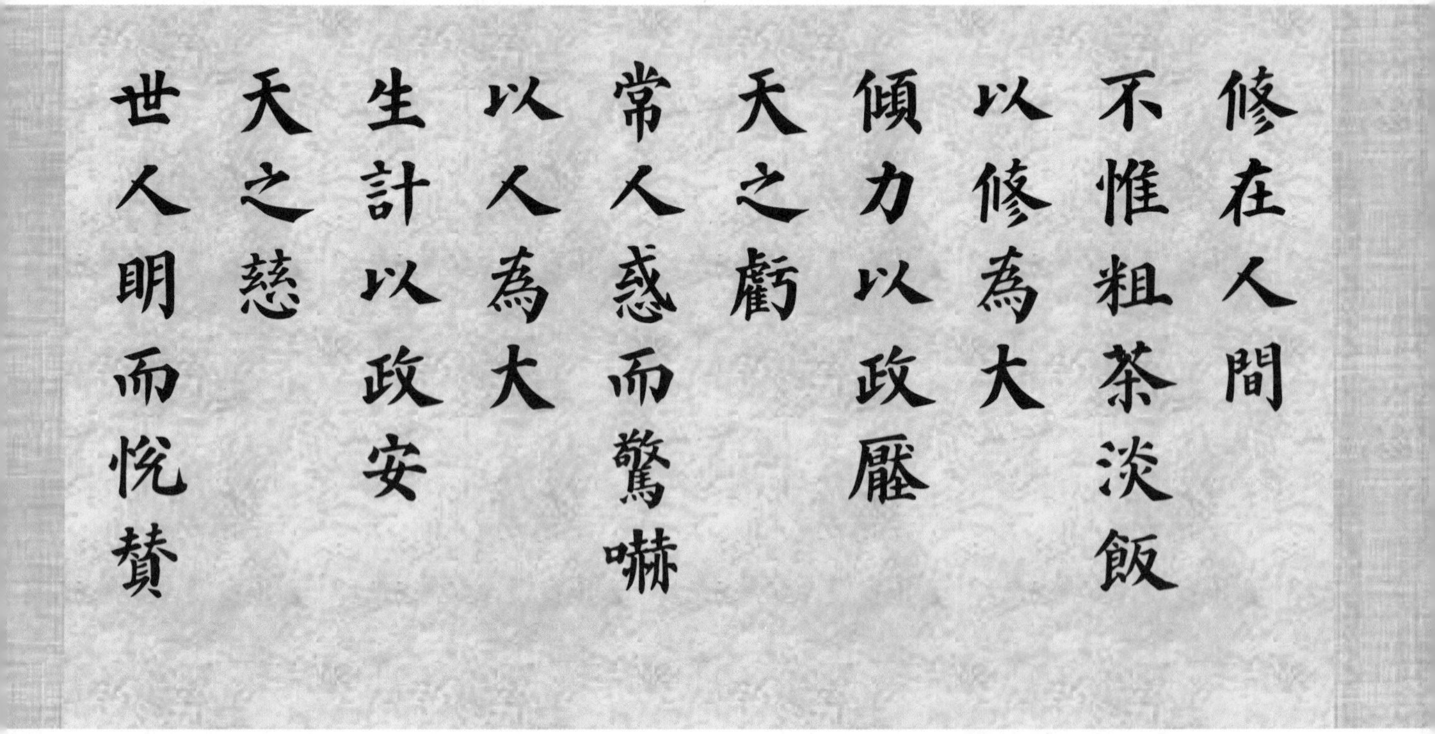
修在人間
不惟粗茶淡飯
以修為大
傾力以政壓
天之虧
常人惑而驚嚇
以人為大
生計以政安
天之慈
世人明而悅贊

第七十一章 修在人間

【正文】

修在人間，不惟粗茶淡飯。以修為大，傾力以政壓，天之虧，常人惑而驚嚇；以人為大，生計以政安，天之慈，世人明而悅贊。

【白話】

在人間修煉，不只是粗茶淡飯，或者避世修行等內涵。如果把個人修煉看得最大，那麼就會形成用整個政治的壓迫，來考驗修煉的形式，這是過去失常的天道，會讓人們感到很困惑，不知道修煉到底對不對，不知道信仰什麼是對的，並且會擔驚受怕。如果把人看得是最重要的，通過政治讓人們安居樂業、在正常生活中修煉，這是今天人性豐足的天道，這樣人們會明白怎樣的修煉是對的，並且對修煉和政治都讚賞有加。

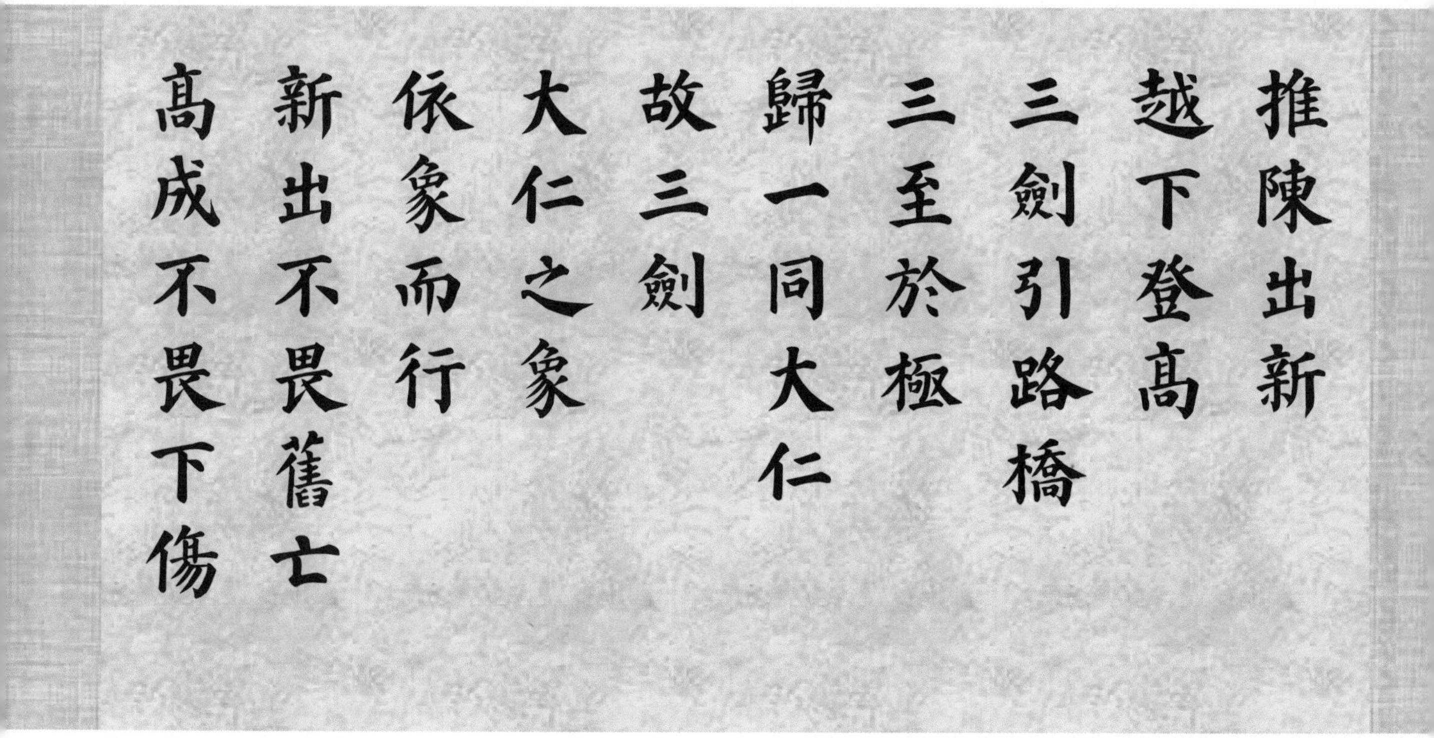
推陳出新
越下登高
三劍引路橋
三至於極
歸一同大仁
故三劍
大仁之象
依象而行
新出不畏舊亡
高成不畏下傷

第七十二章 推陳出新

【正文】

推陳出新，越下登高，三劍引路橋。三至於極，歸一同大仁。故三劍，大仁之象。依象而行，新出不畏舊亡，高成不畏下傷。

【白話】

去掉舊的，迎來新的；越過各種執著，提高自己境界；想要做到這些，三劍可以在整個過程中一直給人們做指引。三劍有三劍一體的最高形式，三劍都是一樣的大仁標準。所以說，三劍是大仁的像，三劍不全即執著。按照三劍去做，在證實新的內涵、成就高層次內涵時，在不知不覺中自然而然地就能達到，而不會畏懼失去舊的，不會覺得很難放下過去的執著。

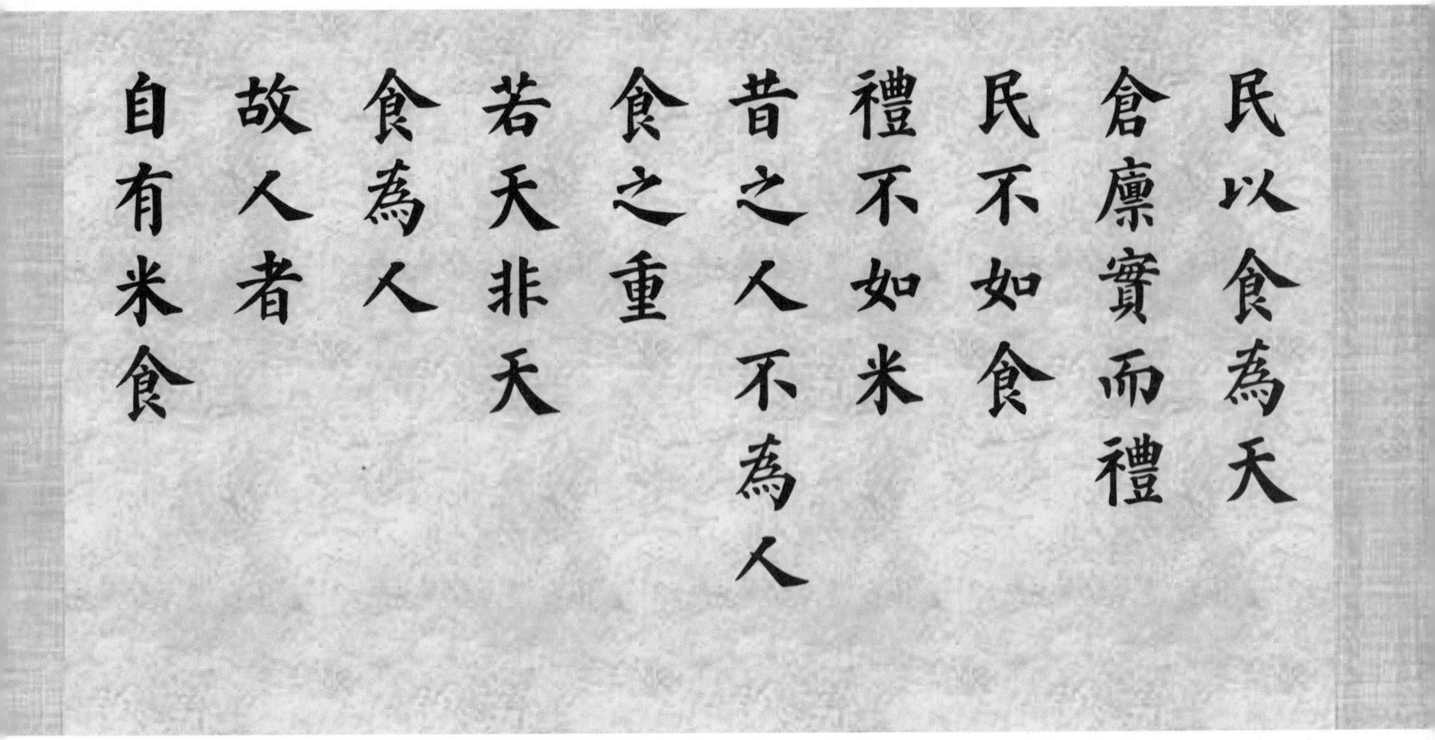
民以食為天
倉廩實而禮
民不如食
禮不如米
昔之人不為人
食之重
若天非天
食為人
故人者
自有米食

第七十三章 民以食為天

【正文】

民以食為天，倉廩實而禮，民不如食，禮不如米，昔之人不為人。食之重，若天非天；食為人，故人者，自有米食。

【白話】

『民以食為天、倉廩實而知禮節』。人們用這些話來強調食物的重要性，本身沒有問題。可如果把這些話完全當作真的，變成人們是在食物下苟活的生命，人的禮節只是建立在食物基礎上的虛禮，那就會變成『民不如食，禮不如米』，這是過去『人非人』的狀態。食物雖然像天一樣重要，可食物並不是真的天。食物也是為人的，既然這樣，那麼真正的人，食物一定為他而存在，真正的人必然會有食物。

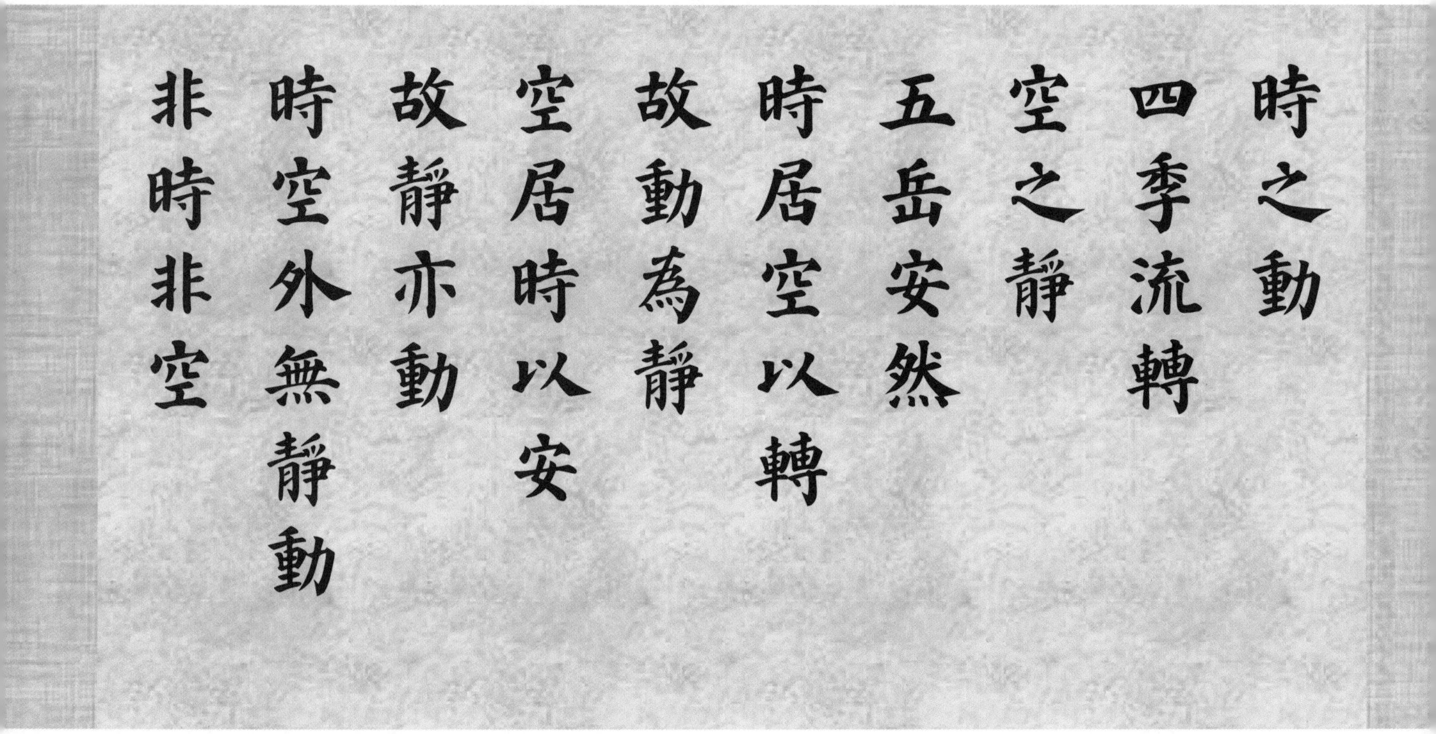
時之動
四季流轉
空之靜
五岳安然
時居空以轉
故動為靜
空居時以安
故靜亦動
時空外無靜動
非時非空

第七十四章 時之動

【正文】

時之動，四季流轉；空之靜，五嶽安然。時居空以轉，故動為靜；空居時以安，故靜亦動。時空外無靜動，非時非空。

【白話】

時間像在運動，一年中隨時間不同有四季變化；空間像是靜止，即使時間流逝，五嶽還是一樣安然矗立。時間像空間的第四個維度，速度越快，空間變換得越快，時間流失得會越少，所以時間有像空間一樣的靜止表現；空間的所謂靜止，像是隨著時間不同而沒有發生變化，這是依託於時間看的，所以空間也有像時間一樣運動的表現。人們看到的空間，也是由一個個時間片段構成的。在這個時空以外看，『時、空、靜、動』都是另外一種特定狀態，不是靜也不是動，不是時間也不是空間，完全不是這個時空的認識。

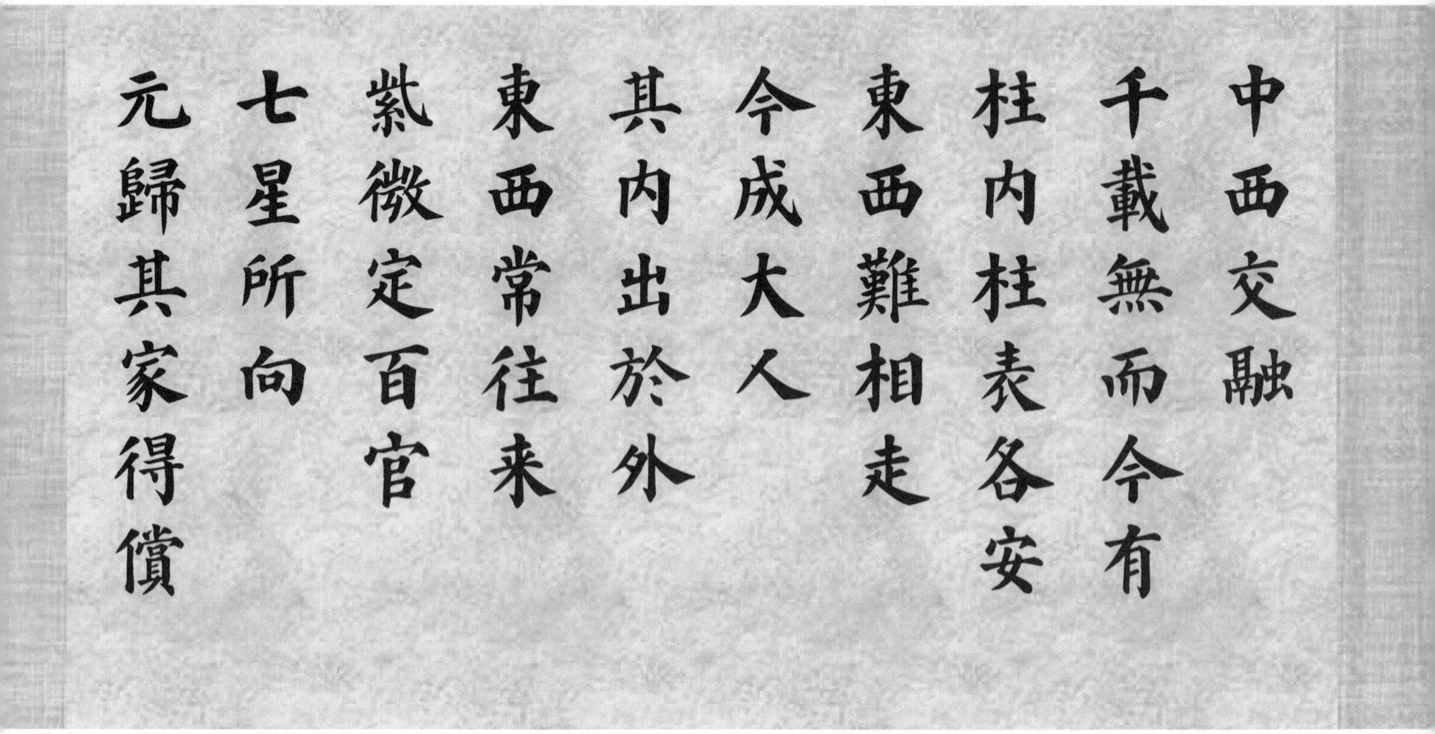
中西交融
千載無而今有
柱內柱表各安
東西難相走
今成大人
其內出於外
東西常往来
紫微定百官
七星所向
元歸其家得償

第七十五章 中西交融

【正文】

中西交融，千載無而今有。柱內柱表各安，東西難相走；今成大人，其內出於外，東西常往來。紫微定百官，七星所向，元歸其家得償。

【白話】

東方和西方之間，像今天這樣頻繁地往來交融，在歷史上數千年都未曾有，但今天卻很顯著。從柱子結構看，東方主要是神傳文化，對應柱內；西方是表面文明，對應柱表；所以柱內和柱表各自安定時，東西方幾乎沒什麼往來。現在要成就真正的人，而人在柱子外面，這樣就會有柱內的逐漸走出柱子、柱外的因素也會來到柱子里的情況。對應的，就會形成東西方之間頻繁往來的局面。北極星，也叫紫微帝星，居中不動，眾星拱照，就像分封百官的帝王，是北斗七星的所向。修到最高的元初狀態再回家，那才是真正的如願以償。

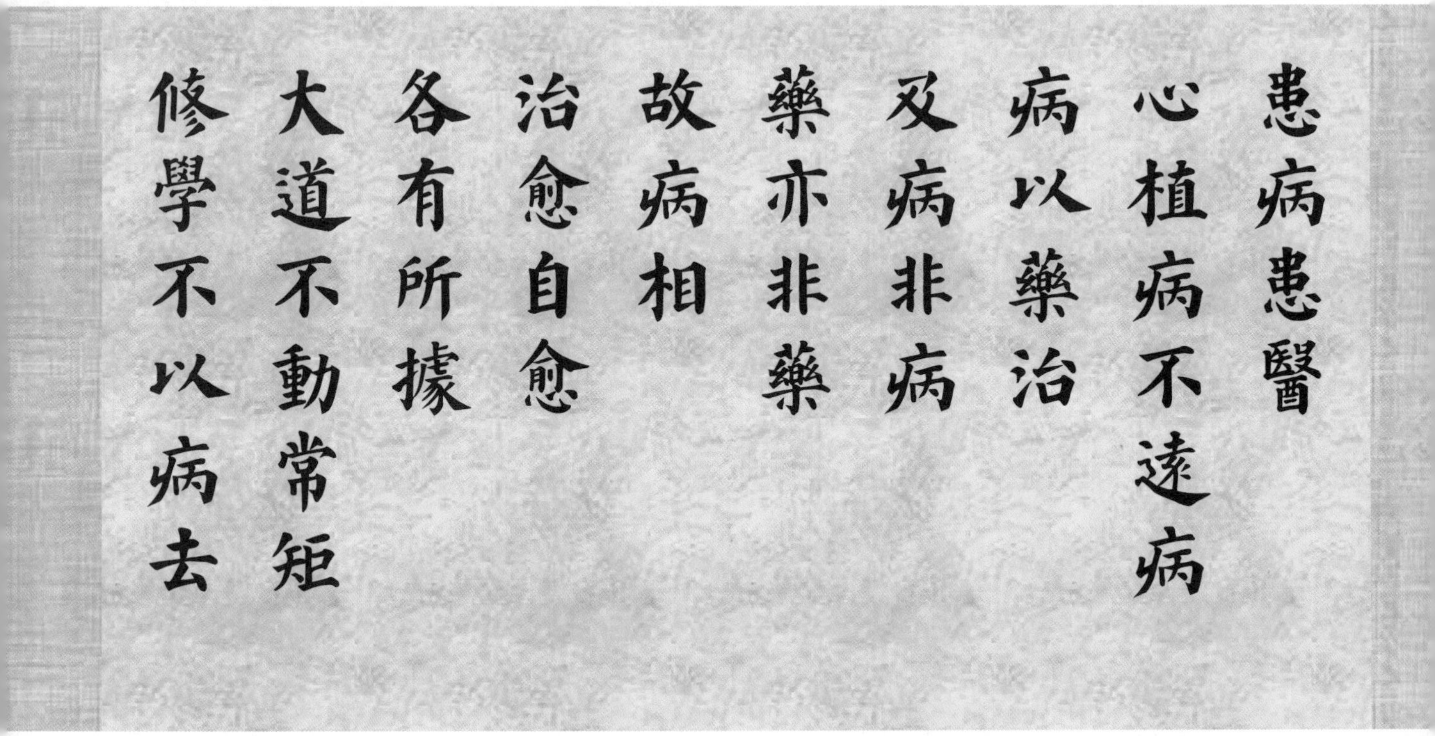
患病患醫
心植病不遠病
病以藥治
及病非病
藥亦非藥
故病相
治愈自愈
各有所據
大道不動常矩
修學不以病去

第七十六章 患病患醫

【正文】

患病患醫。心植病，不遠病。病以藥治，及病非病，藥亦非藥。故病相，治癒自愈，各有所據，大道不動常矩，修學不以病去。

【白話】

有病了擔憂，看醫生也擔憂。今天人們被病帶動得很厲害，病在心里像紮了根一樣，這樣很難遠離疾病。有病一般用藥治，病和藥是聯繫在一起的。如果真有，病不是病的時候，那麼對應的，藥也不會是藥。所以無論有病，或者有病卻以為沒病，藥都可以吃。人們出現病症時，大病重病及時就醫，或者一般的病通過吃藥治好了，或者通過其他方式調養好了，這些都有各自的依據。大道修煉不會隨便改動一般的常規，真正修煉不會因為有病就不學不修。

病通污
身常有污
故病常有
病不病
無病病
小病以藥神
大病將以人
夫何故
唯人不病
非人大病

第七十七章 病通汙

【正文】

病通汙，身常有汙，故病常有。病不病，無病病。小病以藥神，大病將以人。夫何故？唯人不病，非人大病。

【白話】

病一般和汙穢的東西有關，身體中排出汙穢的部分是固有的，所以人們得病是常有的事。從這一點看，有病了很普通正常；如果一點病沒有，反而可能有什麼問題。小病可以通過藥來治療，據說也有專門掌管藥的神。可是大病就只能由人來治了。為什麼呢？只有真正的人沒有病，失去了人應有的狀態，才是真正的大病。

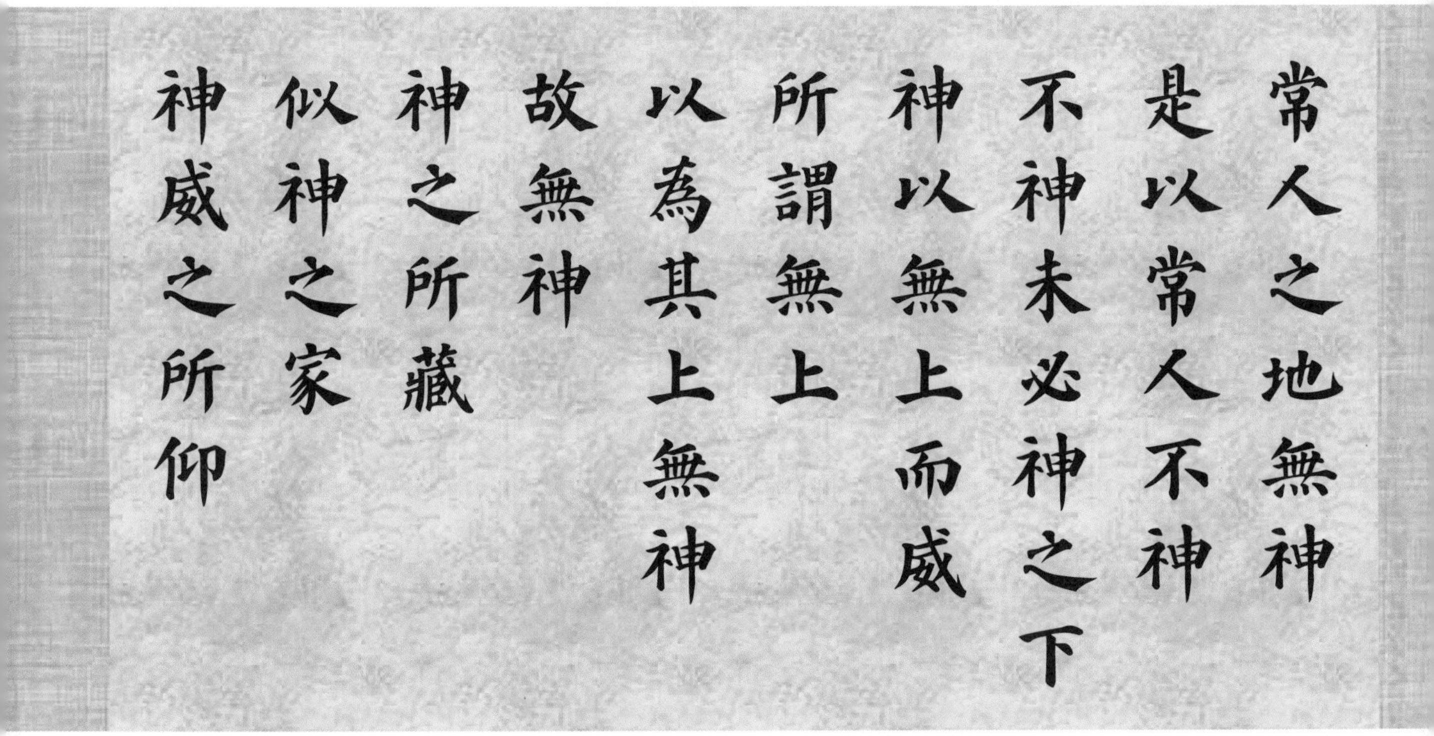
常人之地無神
是以常人不神
不神未必神之下
神以無上而威
所謂無上
以為其上無神
故無神
神之所藏
似神之家
神威之所仰

第七十八章 常人之地無神

【正文】

常人之地無神，是以常人不神，不神未必神之下。神以無上而威，所謂無上，以為其上無神。故無神，神之所藏，似神之家，神威之所仰。

【白話】

常人居住的地方沒有神，所以常人沒有神的樣子和本事。但是沒有神的樣子和本事，卻不一定在比神還低的地方。人們常聽說，神有無上的威嚴。什麼叫『無上』呢？就是說，以為自己是最高的神，以為自己上面沒有更高的神。這實際也是一種『無神』的思想。所以說，『無神』的狀態，不但不一定比神低，還可能是神藏身的地方，好像神的家一樣，是神的威嚴所需要仰仗的。

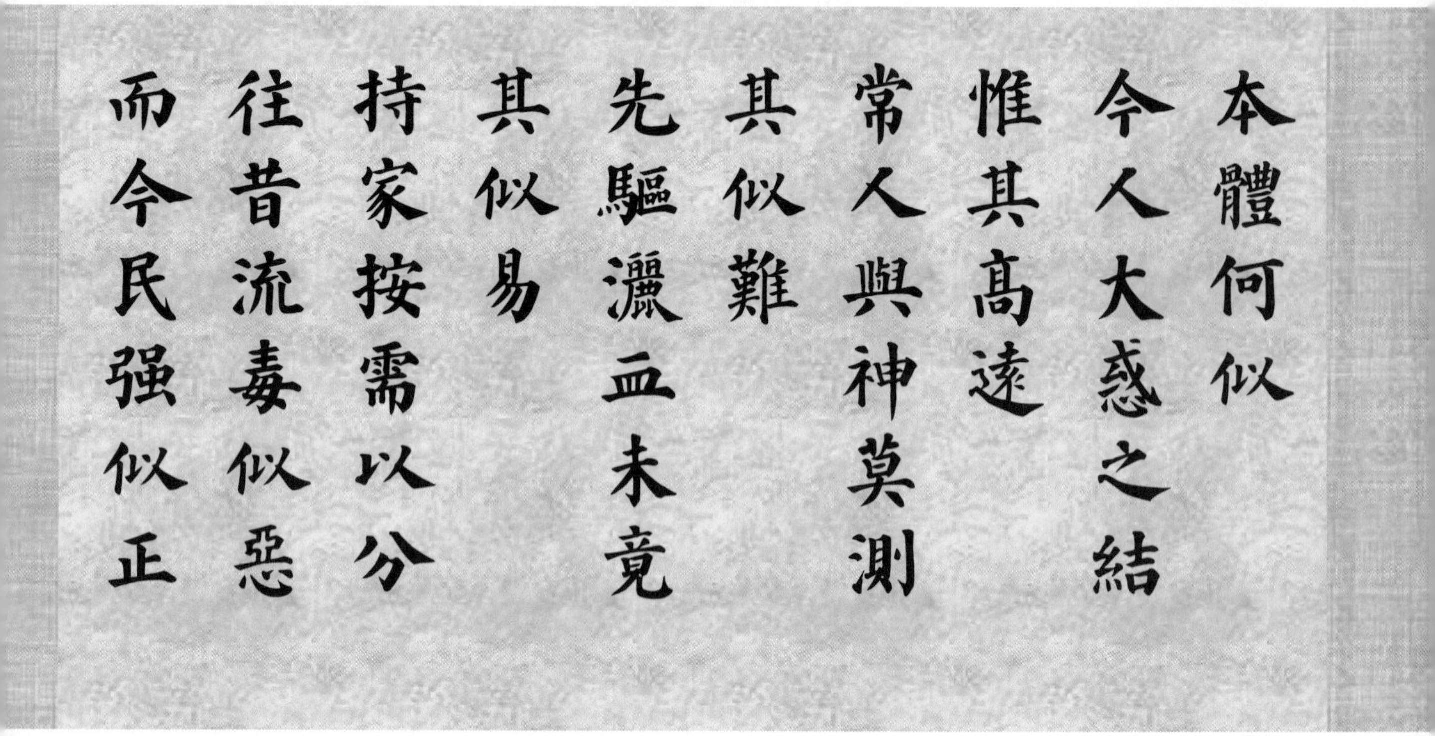
本體何似
令人大惑之結
惟其高遠
常人與神莫測
其似難
先驅灑血未竟
其似易
持家按需以分
往昔流毒似惡
而令民强似正

第七十九章 本體何似

【正文】

本體何似？今人大惑之結。惟其高遠，常人與神莫測。其似難，先驅灑血未竟；其似易，持家按需以分。往昔流毒似惡，而今民強似正。

【白話】

本體涉及人們能達到一個人的狀態，可本體到底是什麼，是好是壞？這是人們今天感到很困惑，爭議很大的事。因為本體層的來源很高遠，超出了一般神和人們的認識，所以過去人們很難知道是怎麼回事。許多人在一起，很難團結地像一個人一樣的生活。一體看起來很難實現，自古以來無數先驅流血犧牲，直到今天也難以實現；可是一體看起來也很容易實現，因為在正常家庭中，很自然地就能做到按需分配，這部分也是家庭溫暖的一種體現。在歷史發展過程中，人們會有不好的表現；但今天人們會越來越成熟，從而能夠有走向人性、更加富足的好的表現。

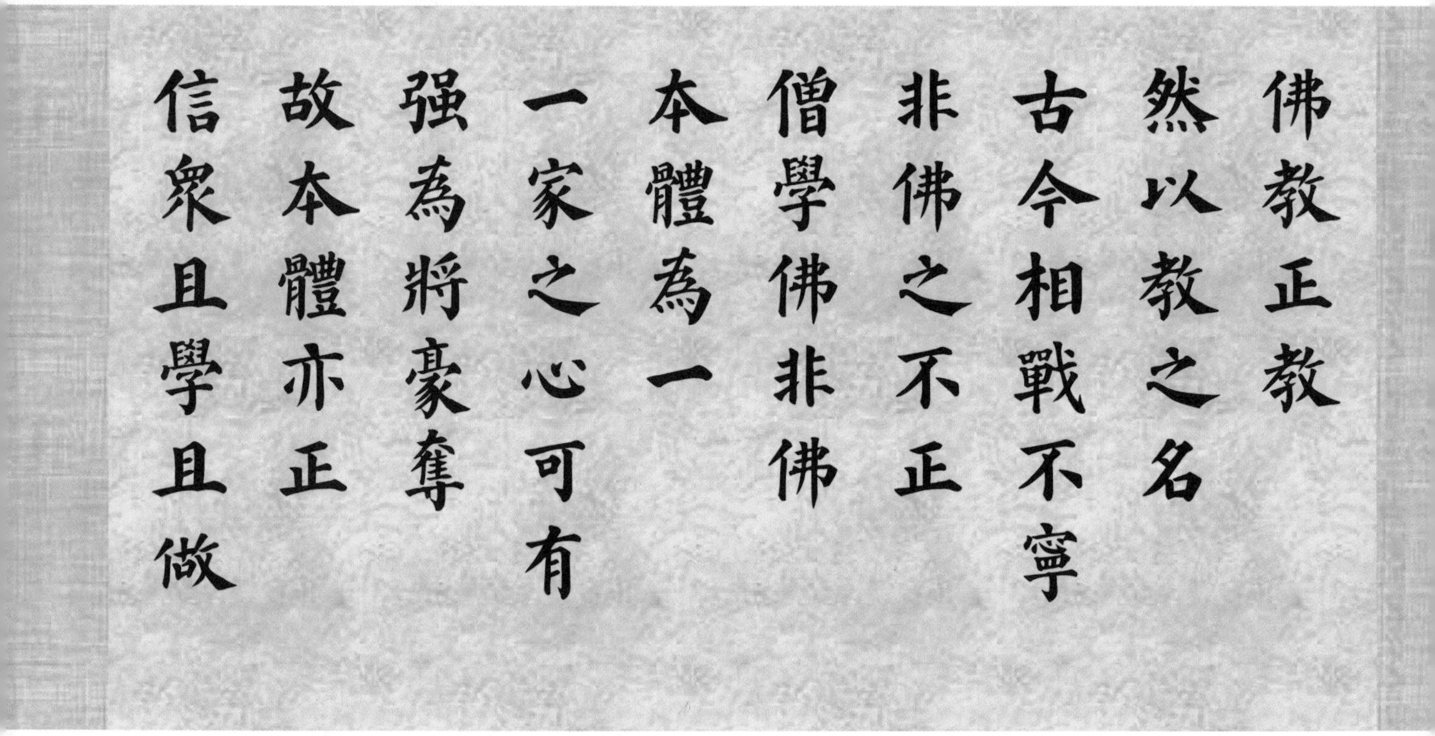
佛教正教
然以教之名
古今相戰不寧
非佛之不正
僧學佛非佛
本體為一
一家之心可有
强為將豪奪
故本體亦正
信衆且學且做

第八十章　佛教正教

【正文】

佛教正教。然以教之名，古今相戰不寧。非佛之不正，僧學佛非佛。本體為一，一家之心可有，強為將豪奪。故本體亦正，信眾且學且做。

【白話】

佛教是正教。可是在歷史上，以宗教名義甚至發起過許多戰爭，直到今天也有各種難以安寧的爭執。這不是佛不正，而是學佛的僧眾畢竟不是佛，還有各種人心在，就可能做出一些不是佛要做的事。本體有一體的境界，作為真正的一家人，相互之間共享財產是很自然的。可如果人們的心性沒有達到一家人的狀態，就強制地做，那就會為物質利益而巧取豪奪。所以本體境界本身沒有問題，也是正的，但本體的信眾也是在一邊學，一邊做，過程中就會有不足的表現。

指學西學之要
窮世界之本
文以記之
流派衆多
陳己以指
非指自身
流派正
指學正
故指自身
不洗而淨

第八十一章 哲學西學之要

【正文】

哲學西學之要，窮世界之本，文以記之。流派眾多，陳己以哲，非哲自身。流派正，哲學正。故哲自身，不洗而淨。

【白話】

哲學是西方知識結構中很重要的部分，是人們追求世界本質的一種方法，通過淺顯的文字表達出來。世間有許多的流派，都是通過哲學來表達自己對世界的認識和見解，但這些流派並不是哲學本身。如果各個流派都能歸正了，那時他們再用哲學表達出來，哲學自然是歸正的。就像洗碗一樣，把碗里的殘渣洗掉，碗自然就乾淨了，不用打碎碗去洗碗本身的內部。所以對於哲學自身而言，不用專門歸正哲學本身，就可以達到歸正的目的。

第八篇　返璞

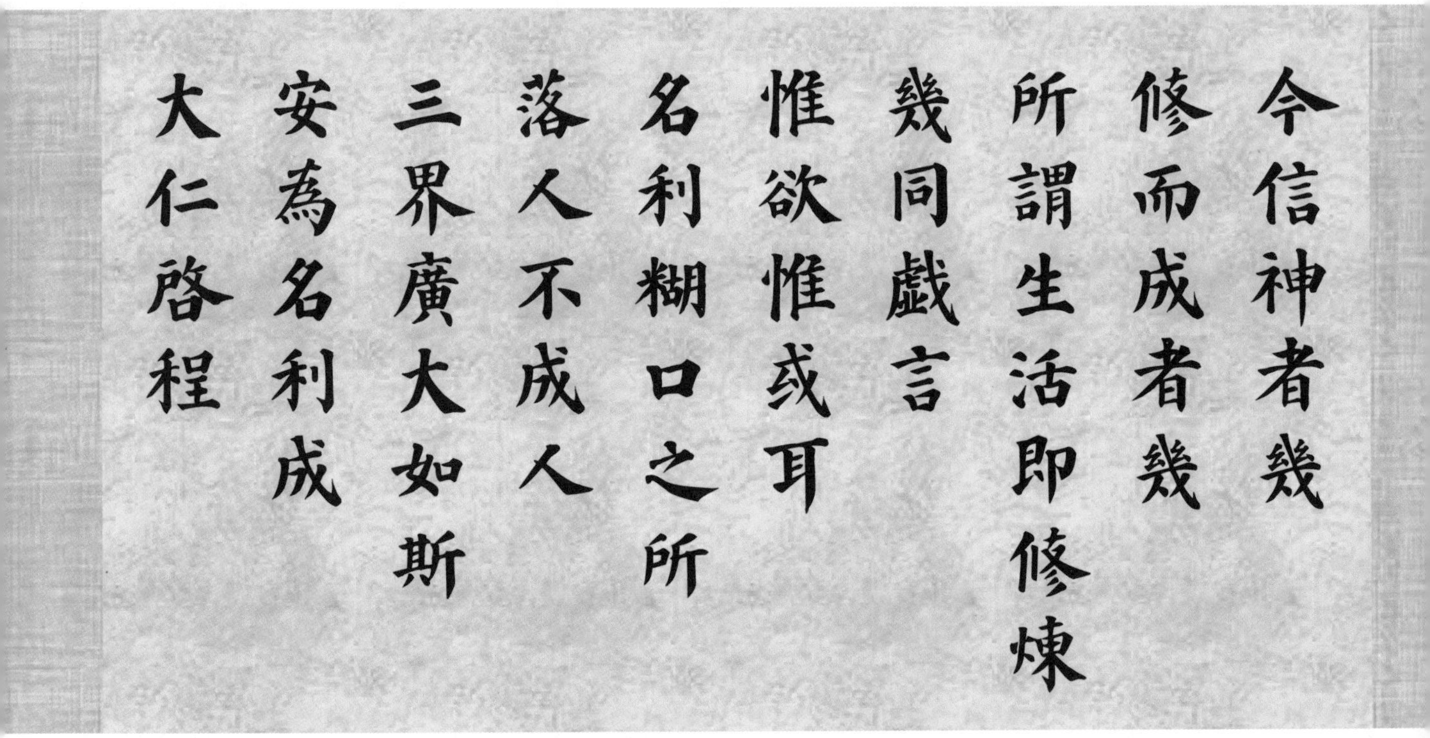
今信神者幾
修而成者幾
所謂生活即修煉
幾同戲言
惟欲惟或耳
名利糊口之所
落人不成人
三界廣大如斯
安為名利成
大仁啓程

第八十二章 今信神者幾

【正文】

今信神者幾？修而成者幾？所謂生活即修煉，幾同戲言，惟欲惟或耳。名利糊口之所，落人不成人。三界廣大如斯，安為名利成？大仁啟程。

【白話】

今天信神的人有多少？即使信神，也能堅持修行，能修成的有多少？都不樂觀。所以對今天的人來說，『生活就是修煉』幾乎只是戲言，只是人們的一種願望，或者僅僅是能修的一種可能性而已。今天的世間，只是追逐名利和尋找食物的地方，容易往下拉人，卻難成就人。但三界這樣廣大，怎麼可能僅僅是為名利而造就的呢？大仁之勢要在三界開始，這才是三界存在的根本意義。

大仁生活無漏
大仁之事盡有
身之內
尚在我
身之外
似不在我
事非人在
人不由外由我
未来大仁處處
不在者無獲

第八十三章 大仁生活無漏

【正文】

大仁生活無漏，大仁之事盡有。身之內，尚在我；身之外，似不在我。事非人在，人不由外由我。未來大仁處處，不在者無獲。

【白話】

大仁生活全面無漏，涵蓋著方方面面；屬於大仁的事情，處處都有。如果只是自己範圍的事，還可以說自己可以主導去做大仁的事；如果是自己以外的事，似乎是其他的人主導的，不是自己負責的。自己以外，不是自己主導的事，具體事情怎麼做，的確是其他的人負責，但我們自己怎樣按大仁標準看待，卻還是自己主導的。當達到人的人間時，所有地方都是大仁的事，沒有不是大仁主導的事。

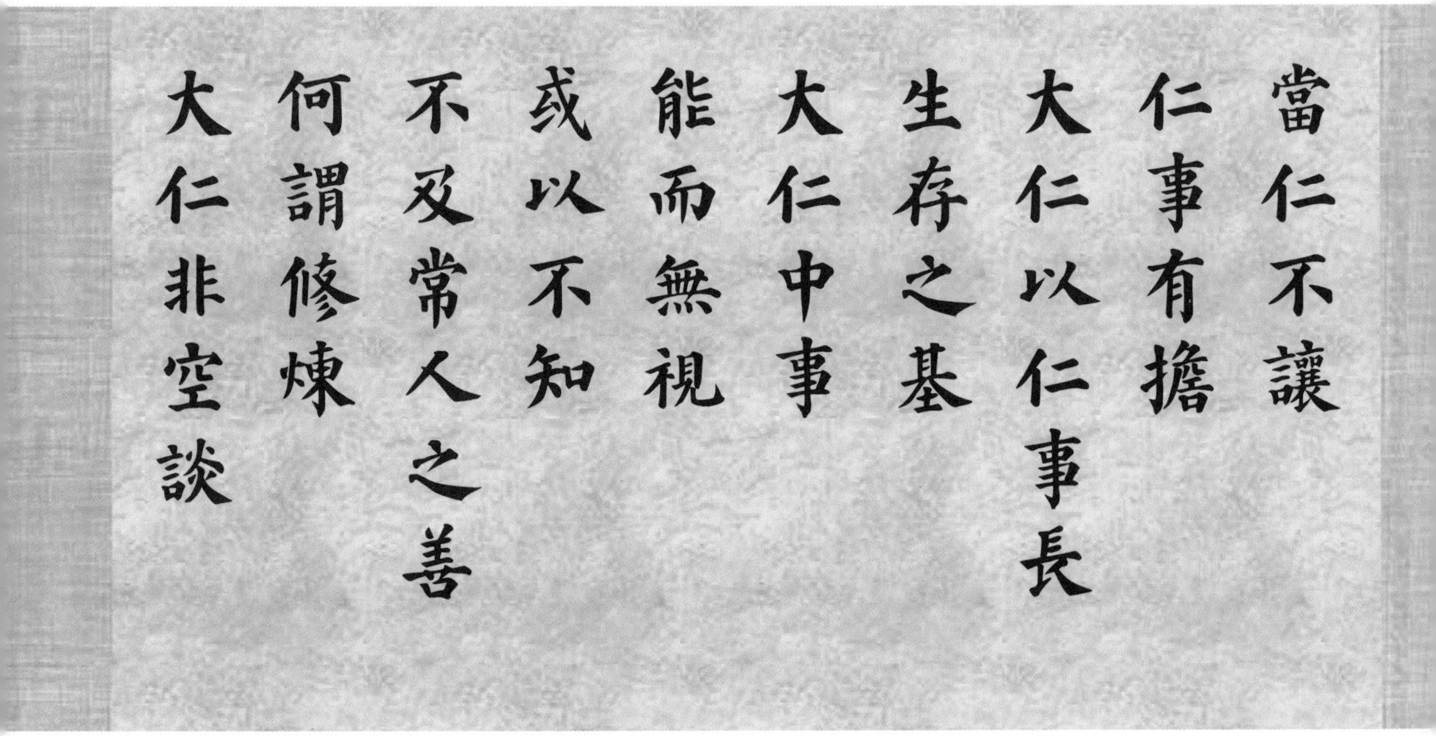
當仁不讓
仁事有擔
大仁以仁事長
生存之基
大仁中事
能而無視
或以不知
不及常人之善
何謂修煉
大仁非空談

第八十四章 當仁不讓

【正文】

當仁不讓。仁事有擔，大仁以仁事長。生存之基，大仁中事，能而無視，或以不知，不及常人之善，何謂修煉？大仁非空談。

【白話】

人們常說『當仁不讓』，符合大仁的事情應該做到。既然要做大仁的事，就要擔負起相應的責任，這是人們要有仁事長一面的職責。對於周圍人基本生存問題、或大仁中其他事情，如果有條件做好，卻裝作看不到，或者完全不知道要去做，這樣的表現還不如常人表現的善，怎麼能談得上修煉呢？大仁不是空談，大仁的事情要有所擔當。

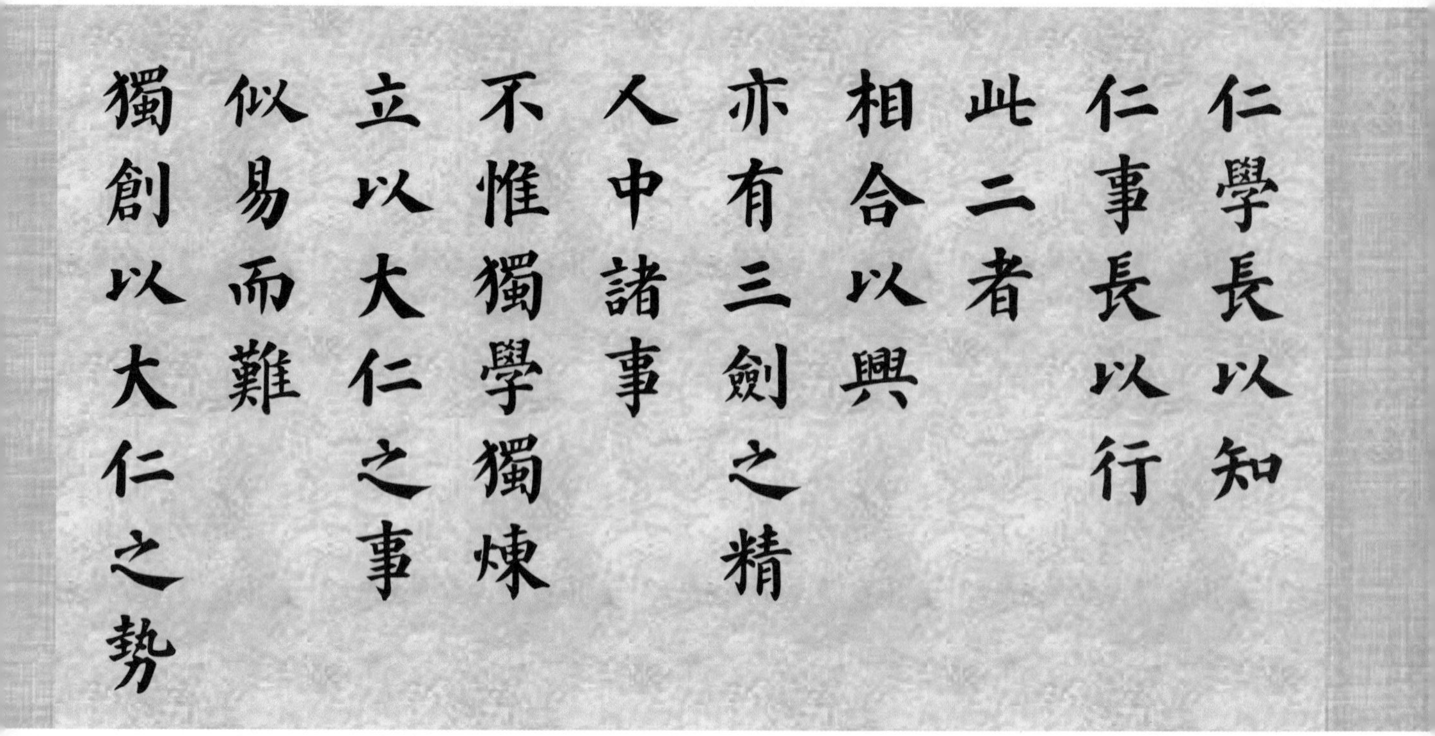
仁學長以知
仁事長以行
此二者
相合以興
亦有三劍之精
人中諸事
不惟獨學獨煉
立以大仁之事
似易而難
獨創以大仁之勢

第八十五章 仁學長以知

【正文】

仁學長以知，仁事長以行，此二者，相合以興，亦有三劍之精。人中諸事，不惟獨學獨煉，立以大仁之事，似易而難，獨創以大仁之勢。

【白話】

大仁中有兩個方面，人們仁學長的一面，應該負責學習認識大仁，守住大仁的第一劍方向；人們仁事長的一面，應該負責做好具體的大仁事情，這是第二劍的落地表現；這兩者相互緊密配合，才能達到幫助提高和昇華的第三劍作用，所以這裡面也有三劍的體現。把怎樣對待人中各方面的事，確立為大仁中的正式項目，而不只是人們獨自修煉的事，這樣做看起來很簡單普通，實際要做到卻很不容易，這是大仁之勢走到相當成度，才能開創出來的。

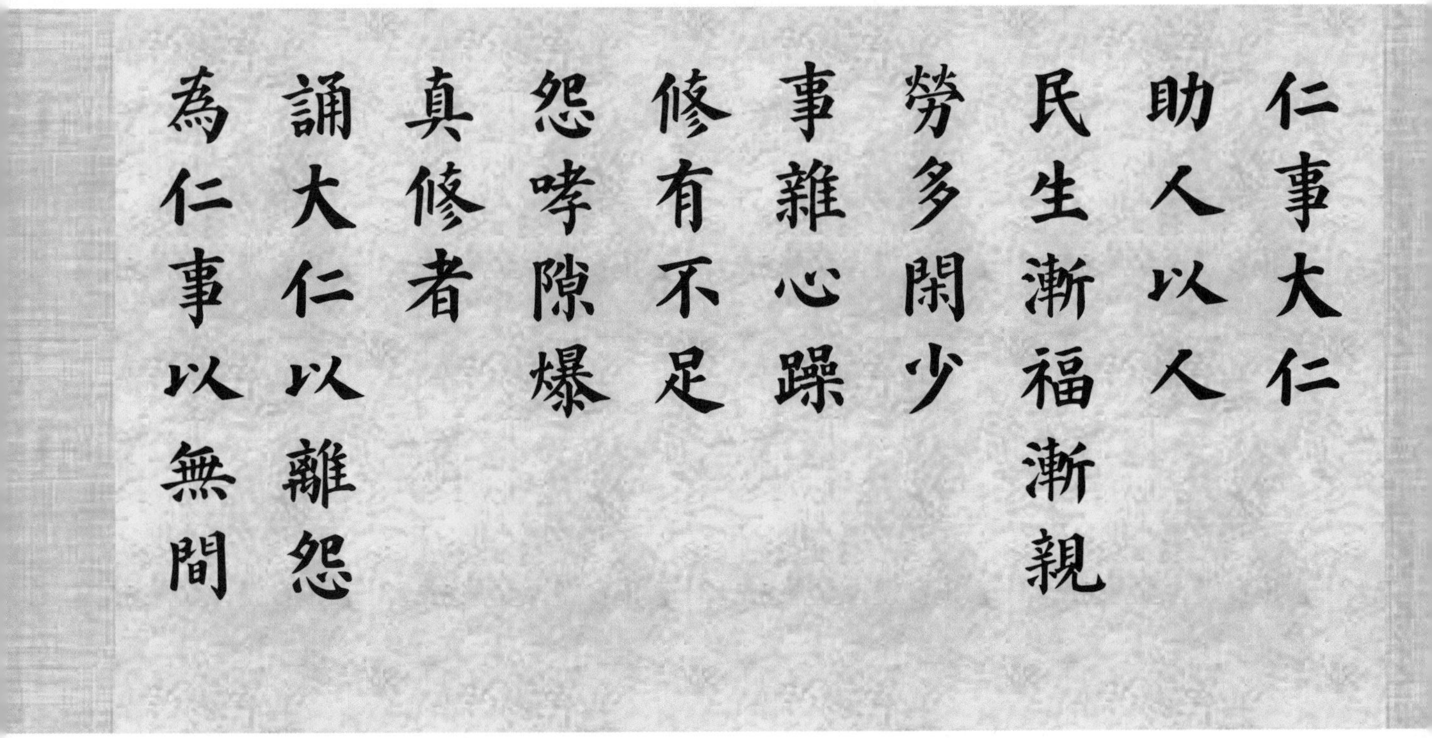
仁事大仁
助人以人
民生漸福漸親
勞多閑少
事雜心躁
修有不足
怨哮隙爆
真修者
誦大仁以離怨
為仁事以無間

第八十六章 仁事大仁

【正文】

仁事大仁，助人以人，民生漸福漸親。勞多閑少，事雜心躁，修有不足，怨哮隙爆。真修者，誦大仁以離怨，為仁事以無間。

【白話】

能夠確立起來仁事的大仁成度，叫做仁事大仁。這時人們彼此更能把對方當作人來對待，做事更落地，人們之間會漸漸感到生活的改善，覺得更親近，這是好的一面。可另一方面，因為事情多，閑的時候相對少；事情繁雜起來，心情容易變得煩躁不安。這時修煉不夠精進的人，可能就會怨氣發作，裂縫爆發。真修的人不會被怨恨帶動，能夠通過靜心誦讀大仁而遠離怨恨，通過沒有間隔地看到人們人性的一面，而繼續做好符合大仁的事情。

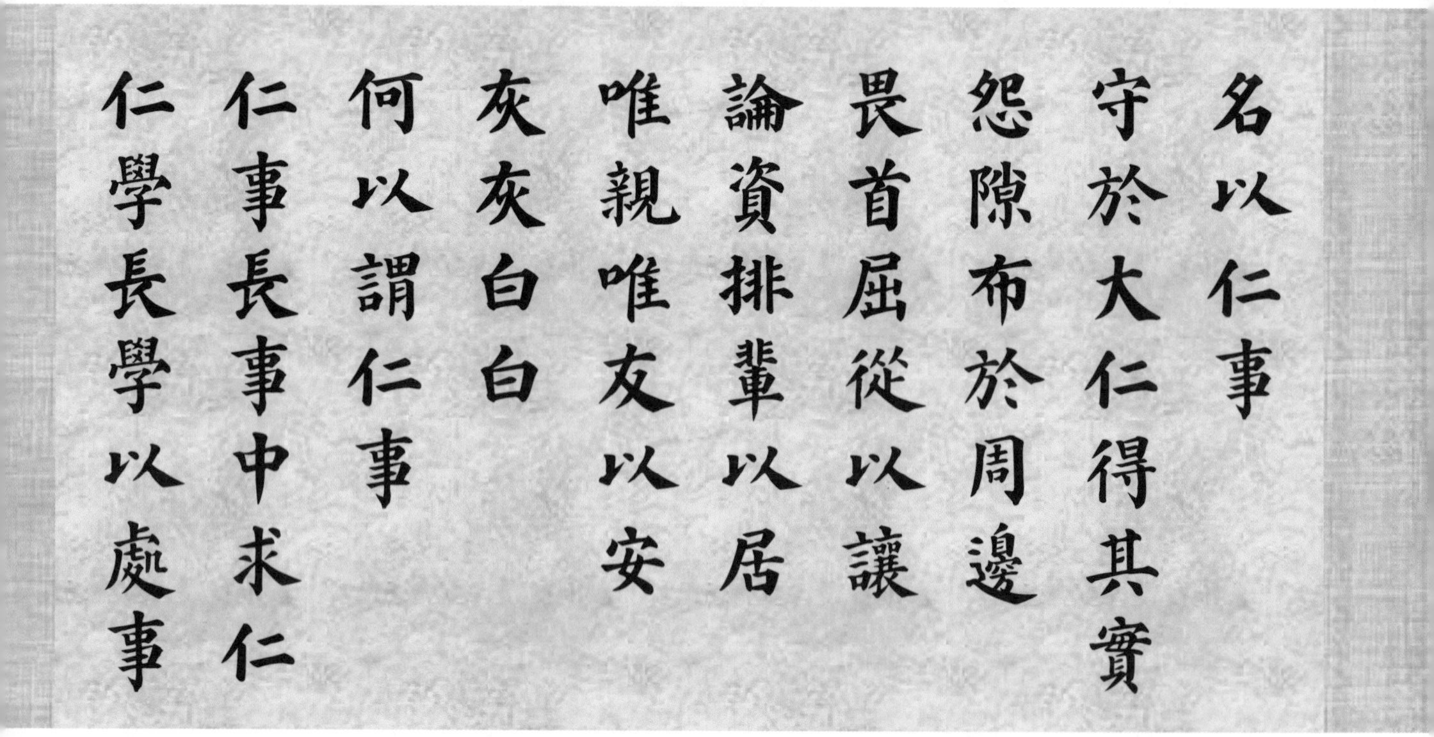
名以仁事
守於大仁得其實
怨隙布於周邊
畏首屈從以讓
論資排輩以居
唯親唯友以安
灰灰白白
何以謂仁事
仁事長事中求仁
仁學長學以處事

第八十七章 名以仁事

【正文】

名以仁事，守於大仁得其實。怨隙布於周邊，畏首屈從以讓，論資排輩以居，唯親唯友以安，灰灰白白，何以謂仁事？仁事長事中求仁，仁學長學以處事。

【白話】

仁事大仁，雖然有仁事的名義，可是只有真正守住大仁的標準，才是真正的仁事。如果怨恨和非人的間隔在自己周圍彌漫時，只是害怕或退縮地向非人性因素妥協；或者論資排輩，把資格老當作大仁標準；或者對親朋好友偏袒，只是維護表面的一團和氣，等等，這樣做會失去大仁標準，讓周圍變得灰灰白白，那時怎麼還能說，做的是仁事呢？仁事長應該在做事中，看看是不是守住了大仁；仁學長應該把大仁標準，在現實事情中落實；這樣配合起來，才是做仁事。

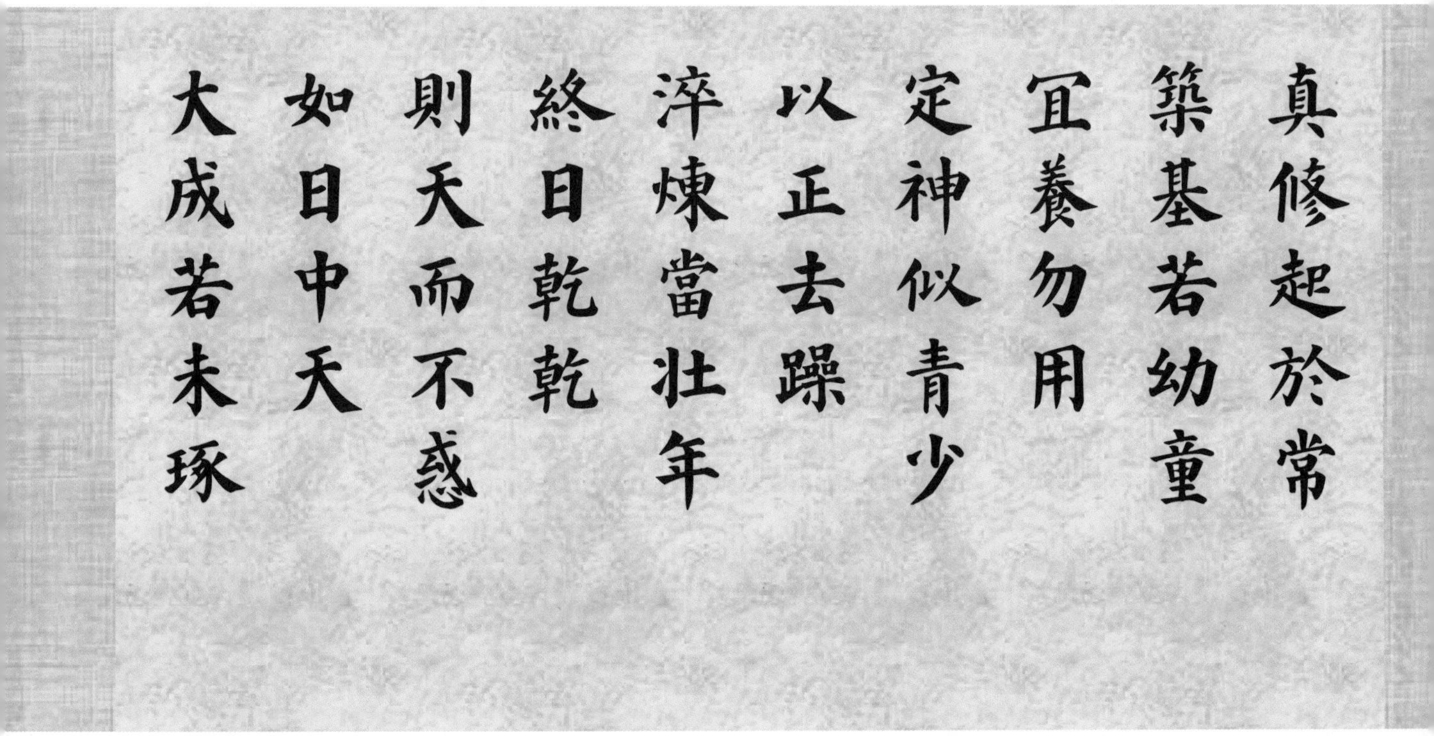
真修起於常
築基若幼童
宜養勿用
定神似青少
以正去躁
淬煉當壯年
終日乾乾
則天而不惑
如日中天
大成若未琢

第八十八章 真修起於常

【正文】

真修起於常。築基若幼童，宜養勿用；定神似青少，以正去躁；淬煉當壯年，終日乾乾；則天而不惑，如日中天；大成若未琢。

【白話】

只有人能修煉，真修從常人開始起步。打基礎時，好像幼童一樣，要多養護而不能真正發揮效力；提高一些，進入真正修煉狀態時，好像青少年的教育一樣，要給予正面正統的影響，去除不好的負面影響；到了思想認識比較成熟，有些本事時，才能發揮一定的效力，好像壯年時期，可以開始有所擔當；更成熟一些，對修煉已經融會貫通，知道自己的使命了，這時才能大放光彩。而真正有大成就時，反而又會歸於平常。

歷史如人
三皇造屋取火
如嬰幼之沌
堯舜禪讓質朴
若孩童之純
大漢尊儒正統
恰少年之真
隋唐民風開化
詩青年之俊
漸入世間漸韌

第八十九章 歷史如人

【正文】

歷史如人。三皇造屋取火，如嬰幼之沌；堯舜禪讓質樸，若孩童之純；大漢尊儒正統，恰少年之真；隋唐民風開化，詩青年之俊；漸入世間漸韌。

【白話】

歷史如人。三皇時主要是學會造屋取火等，解決人的基本生存，這時好像嬰兒時期一樣，許多人的東西都是混沌的；堯舜時期的禪讓，質樸得好像孩童一樣單純；漢朝獨尊儒術，意氣風發得恰似少年一樣率真；隋唐民風相對開化，唐詩如畫的意境，仿佛青年一樣俊美；當人們逐漸進入社會時，漸漸會變得更堅韌。

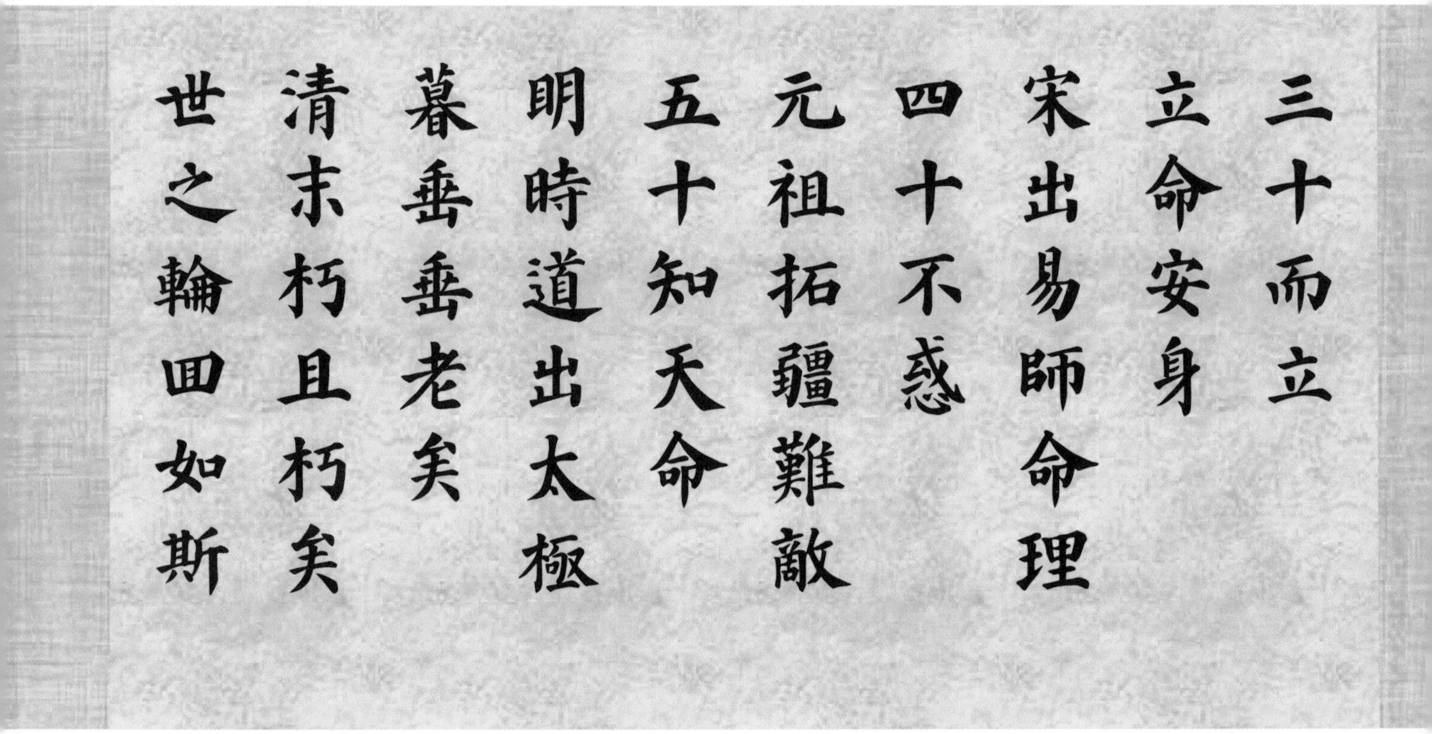
三十而立
立命安身
宋出易師命理
四十不惑
元祖拓疆難敵
五十知天命
明時道出太極
暮垂垂老矣
清末朽且朽矣
世之輪回如斯

第九十章　三十而立

【正文】

三十而立，立命安身，宋出易師命理；四十不惑，元祖拓疆難敵；五十知天命，明時道出太極；暮垂垂老矣，清末朽且朽矣；世之輪回如斯。

【白話】

三十而立，這時成家立業，肩負著一家人的擔子，命運和錢財成為主要的事情。宋代出現了命理大師，擅長演算命理財運。四十不惑，這時人做事的能力達到頂峰，而元朝時打下了極大的疆土；五十知天命，明朝時道家興盛，出現了太極宗師；晚年時逐漸衰老，清末已經漸漸走向腐朽。世間輪回的表現，的確是這樣的。

形而上學
求索世界之本
知若禁閉島
知其內
不知其外
據之則住
辯證以出
據之唯物
辯證唯心
不若唯物辯證

第九十一章 形而上學

【正文】

形而上學，求索世界之本。知若禁閉島，知其內，不知其外。據之則住，辯證以出。據之唯物，辯證唯心，不若唯物辯證。

【白話】

形而上學，是人們探索世界本原的認識。人們固有的認識，好像一個禁閉島一樣，可以知道已認識到的，而這以外的就不知道；如果固守著自己的禁閉島去認識世界本原，就會顯得孤立、片面、靜止；如果用辯證法所說的，普遍聯繫、全面、運動地認識，就可能突破原有的禁閉島，認識到更多。如果唯物地在禁閉島中認識，雖然現實落地，但卻沒有突破；如果唯心辯證地認識，雖然能有所突破，但是顯得空浮，不落地；所以不如唯物辯證地認識，這樣既能有所突破，又現實落地。

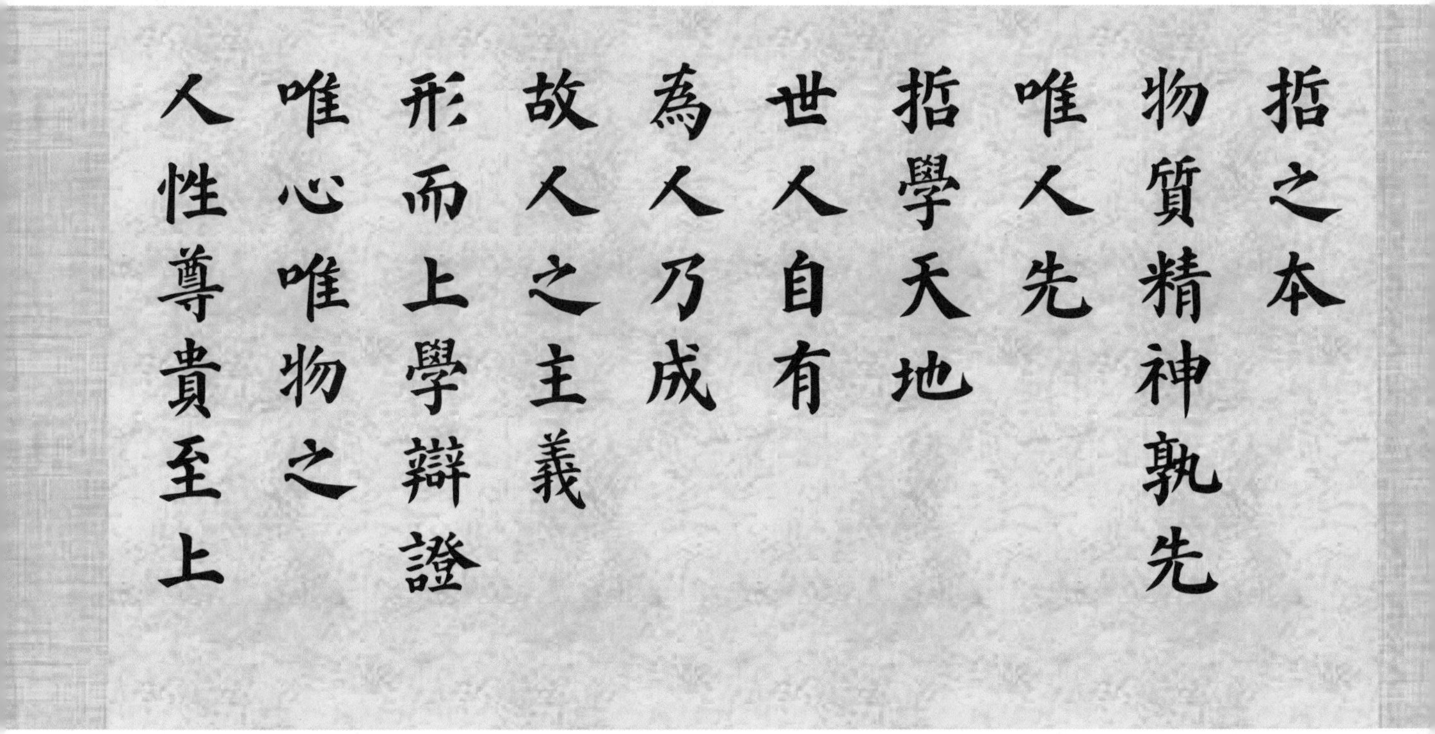
哲之本
物質精神孰先
唯人先
哲學天地
世人自有
為人乃成
故人之主義
形而上學辯證
唯心唯物之
人性尊貴至上

第九十二章 哲之本

【正文】

哲之本，物質精神孰先？唯人先。哲學天地，世人自有，為人乃成。故人之主義，形而上學、辯證、唯心、唯物之人性尊貴至上。

【白話】

哲學的基本問題，是物質和精神誰是第一性的問題。這好像是個禁閉島一樣，其實物質和精神可以是一性的，同時第一性也可以不在物質和精神中去選擇。因為人是第一性的。每個人都有自己的哲學天空或真理片段，但都必須在為人的基點上，才能成立。形而上學、辯證、唯心、唯物都有可成立的一面，所以作為真正人的主義，是涵蓋這一切的人性尊貴至上主義。

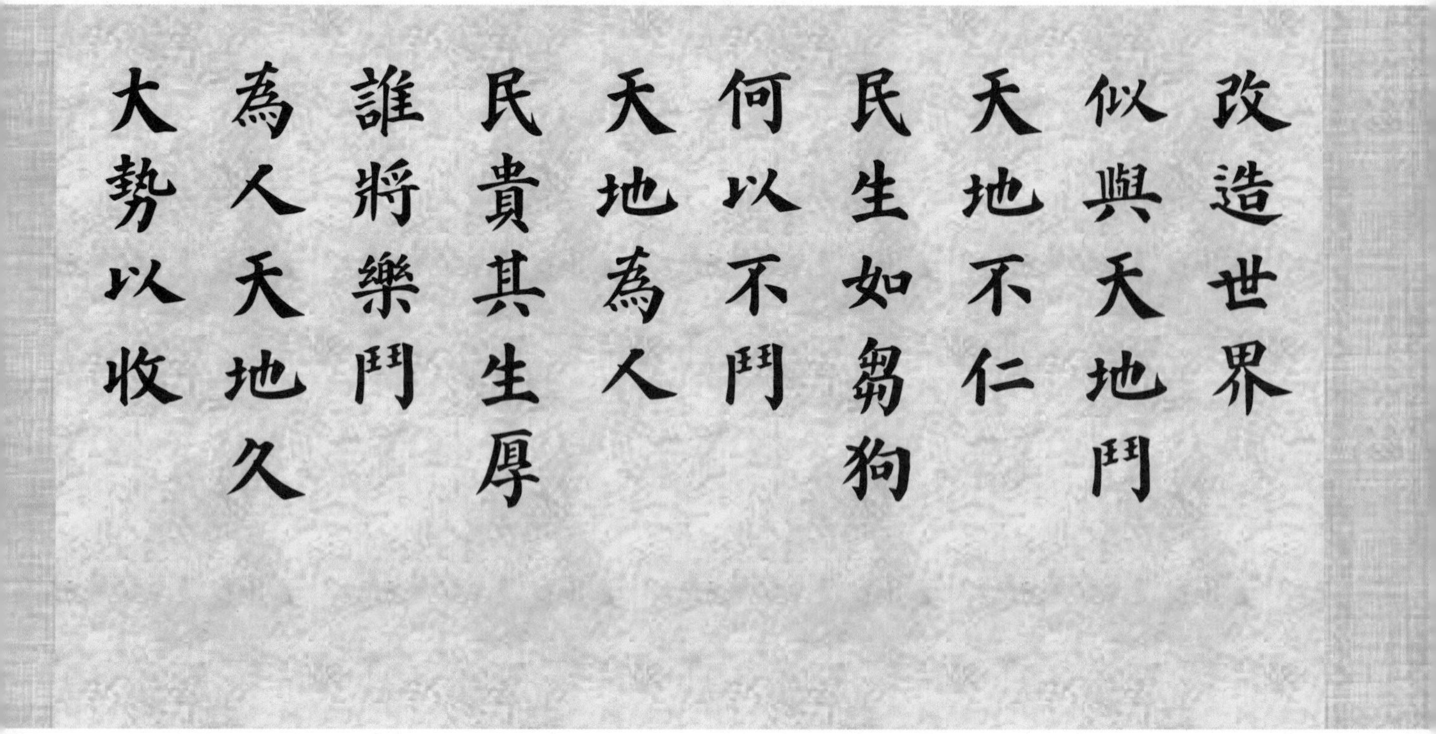
改造世界
似與天地鬥
天地不仁
民生如芻狗
何以不鬥
天地為人
民貴其生厚
誰將樂鬥
為人天地久
大勢以收

第九十三章 改造世界

【正文】

改造世界，似與天地鬥。天地不仁，民生如芻狗，何以不鬥？天地為人，民貴其生厚，誰將樂鬥？為人天地久，大勢以收。

【白話】

改造世界，好像是要和天地鬥。如果天地不仁，人的生命如同草芥一樣，生不如死，怎麼可能不鬥呢？如果天地是為人的，人們都很珍惜生命，誰還願意去鬥呢？新的天地都是為人的，必然長久，讓人間充滿人性是好事，大仁之勢將完成這件事情。

第九篇　成人

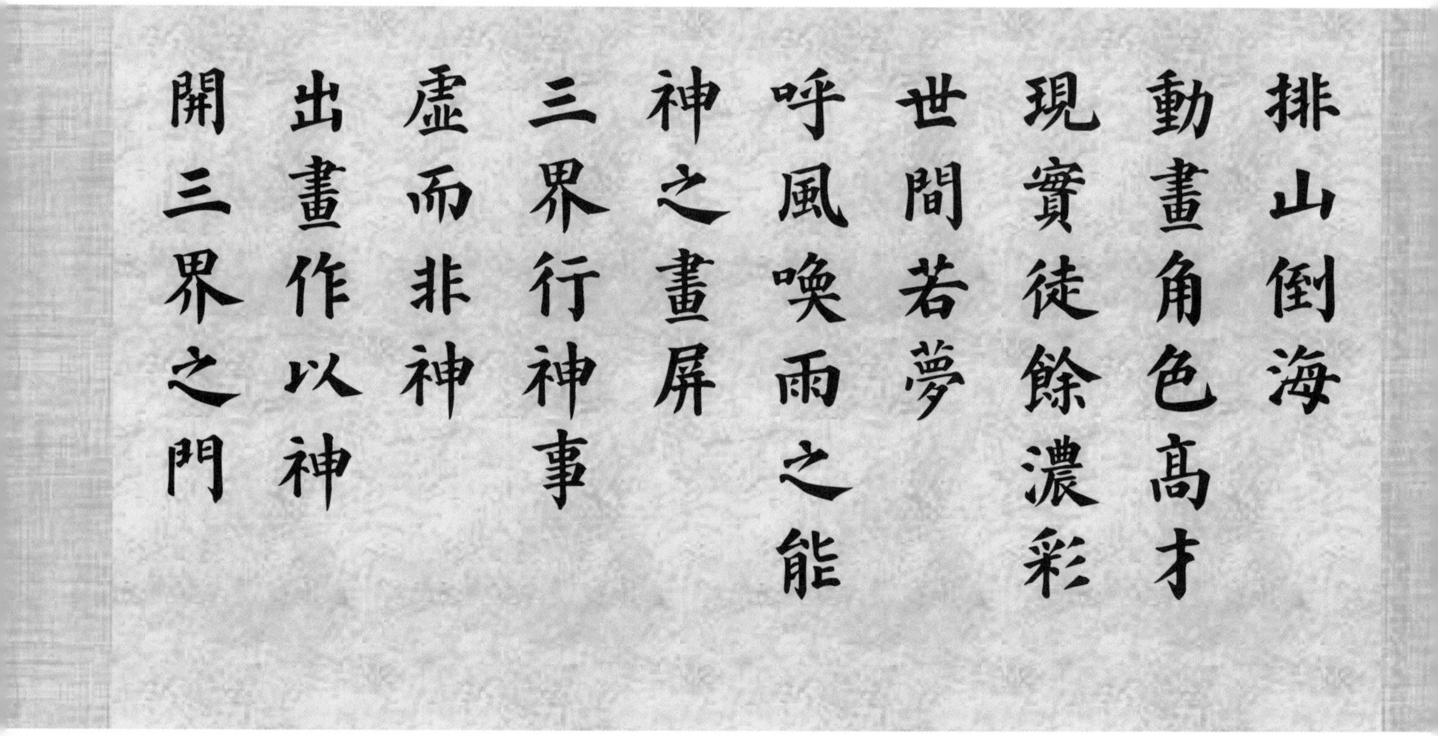
排山倒海
動畫角色高才
現實徒餘濃彩
世間若夢
呼風喚雨之能
神之畫屏
三界行神事
虛而非神
出畫作以神
開三界之門

第九十四章 排山倒海

【正文】

排山倒海，動畫角色高才，現實徒餘濃彩；世間若夢，呼風喚雨之能，神之畫屏。三界行神事，虛而非神；出畫作以神，開三界之門。

【白話】

擁有排山倒海的能力，虛擬角色這樣展現在動畫片里，是很大的能力，可在現實中，這樣的能力只不過是一堆鮮豔的色彩而已。從神的角度看，世間好像夢境，也好像一個舞臺、一部電影。在世間即使有呼風喚雨的本事，在神的眼里，也只是像畫出來的螢幕。所以說，在三界里，即使能行神事，像神一樣有本事，也是虛幻的，並不是神；能夠離開三界這幅巨畫，完全以神的方式展現，這得打開三界的大門才行。

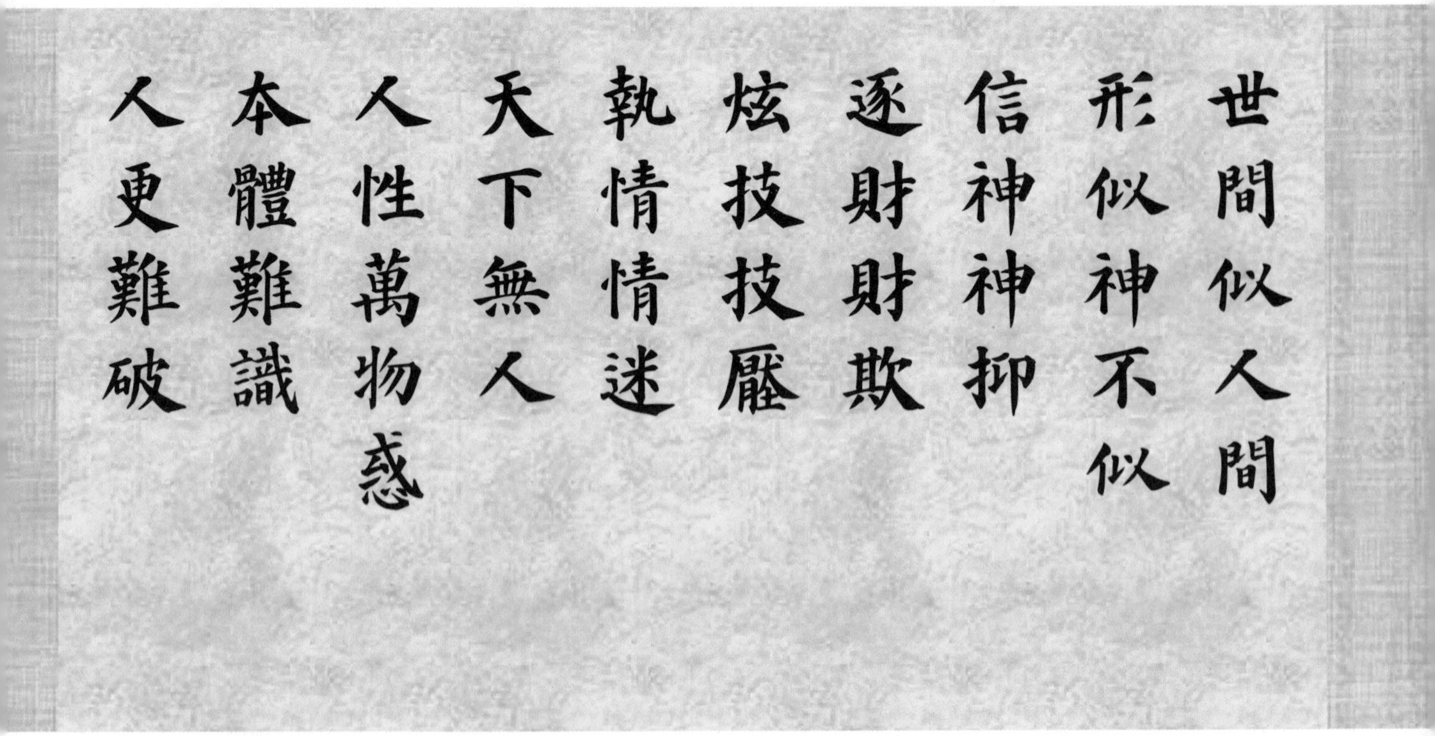
世間似人間
形似神不似
信神神抑
逐財財欺
炫技技壓
執情情迷
天下無人
人性萬物惑
本體難識
人更難破

第九十五章 世間似人間

【正文】

世間似人間，形似神不似。信神神抑，逐財財欺，炫技技壓，執情情迷。天下無人，人性萬物惑。本體難識，人更難破。

【白話】

世間好像是人間，形式上看著像，但內在卻不像。人們信神時，人性會被神性抑制；人們追名逐利時，會被名利控制；情是人正常必須有的，可如果人們太執著人情，又會被情所困而失去理智。當人們的人性部分，被萬物牽絆時，就會造成天下無人的局面。本體層的實質到底是什麼，已經很難看清楚了；可是人的實質究竟是什麼，更難看清楚。

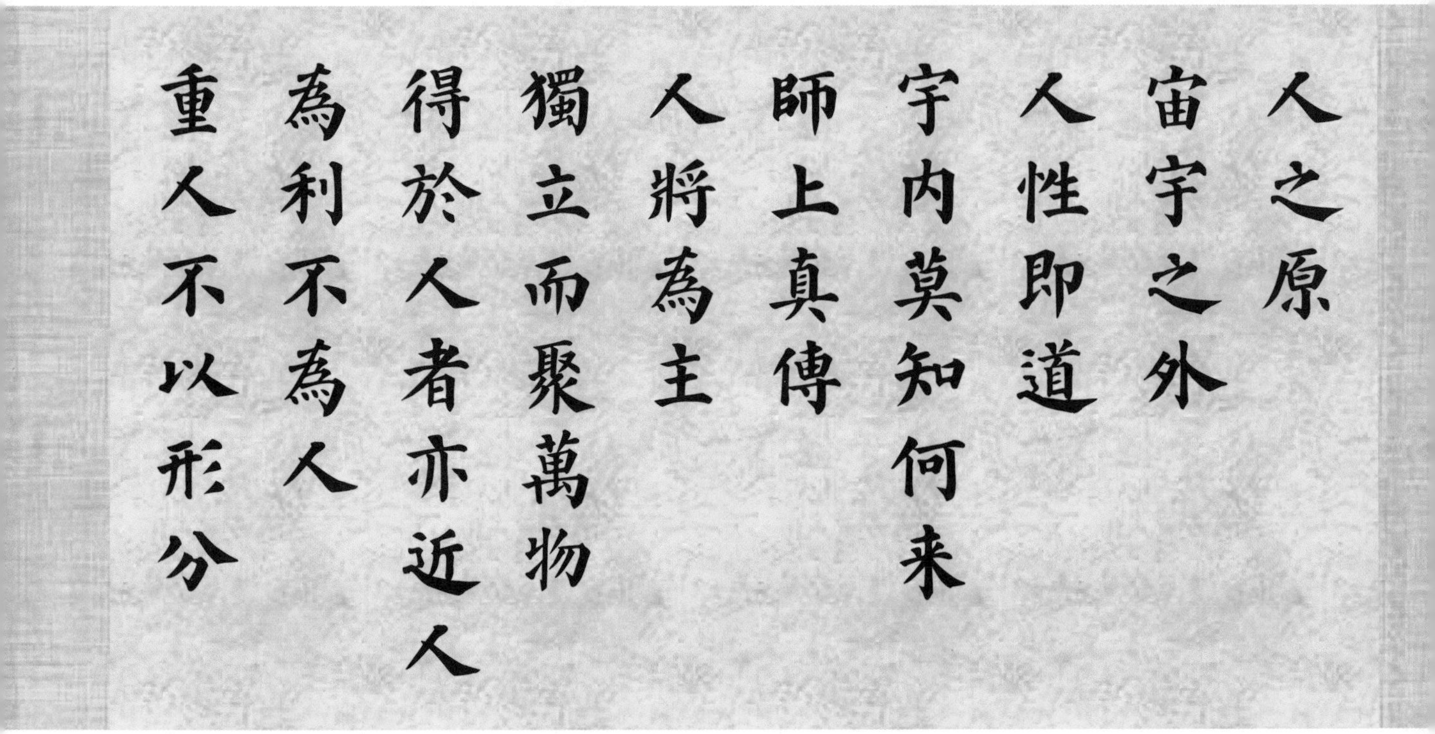
人之原
宙宇之外
人性即道
宇內莫知何来
師上真傳
人將為主
獨立而聚萬物
得於人者亦近人
為利不為人
重人不以形分

第九十六章 人之原

【正文】

人之原，宙宇之外；人性即道，宇內莫知何來；師上真傳，人將為主，獨立而聚萬物。得於人者亦近人，為利不為人，重人不以形分。

【白話】

人的本原在宇宙之外；『人性即道』的真像，整個宇宙內都不知道來源是什麼。師上講出來人的真像，在人間應該由人來做主，人能夠聚集萬物而獨立存在。在人中能夠得到好處，也有因此而走近人的，這樣只是為利益而來，並不是真的為人好。所以說，表面在接近人的，不一定重視人。誰是重視人的，不能只看表面。

師者師
學者學
相慶大仁日
設宴似俗
斂物當禁
學者何以慶
似開功為上
在師非己易忘
純淨居位
會後美味

第九十七章 師者師

【正文】

師者師，學者學，相慶大仁日。設宴似俗，斂物當禁，學者何以慶？似開功為上，在師非己易忘。純淨居位，會後美味。

【白話】

師上有師上要做的，學者有學者要做的。大仁日到了，師上和學者就會聚在一起來慶賀。怎麼慶賀呢？只是一起吃吃喝喝，顯得很俗；捐贈財物也被禁止了。有的學者認為，這時開功才是最好的。可這事不是學者能做的。只有各自居位，純淨地做好自己該做的事，這才是最好的。慶賀大仁的事情，可以先一起談談自己怎樣證實大仁，然後再品嘗美味。

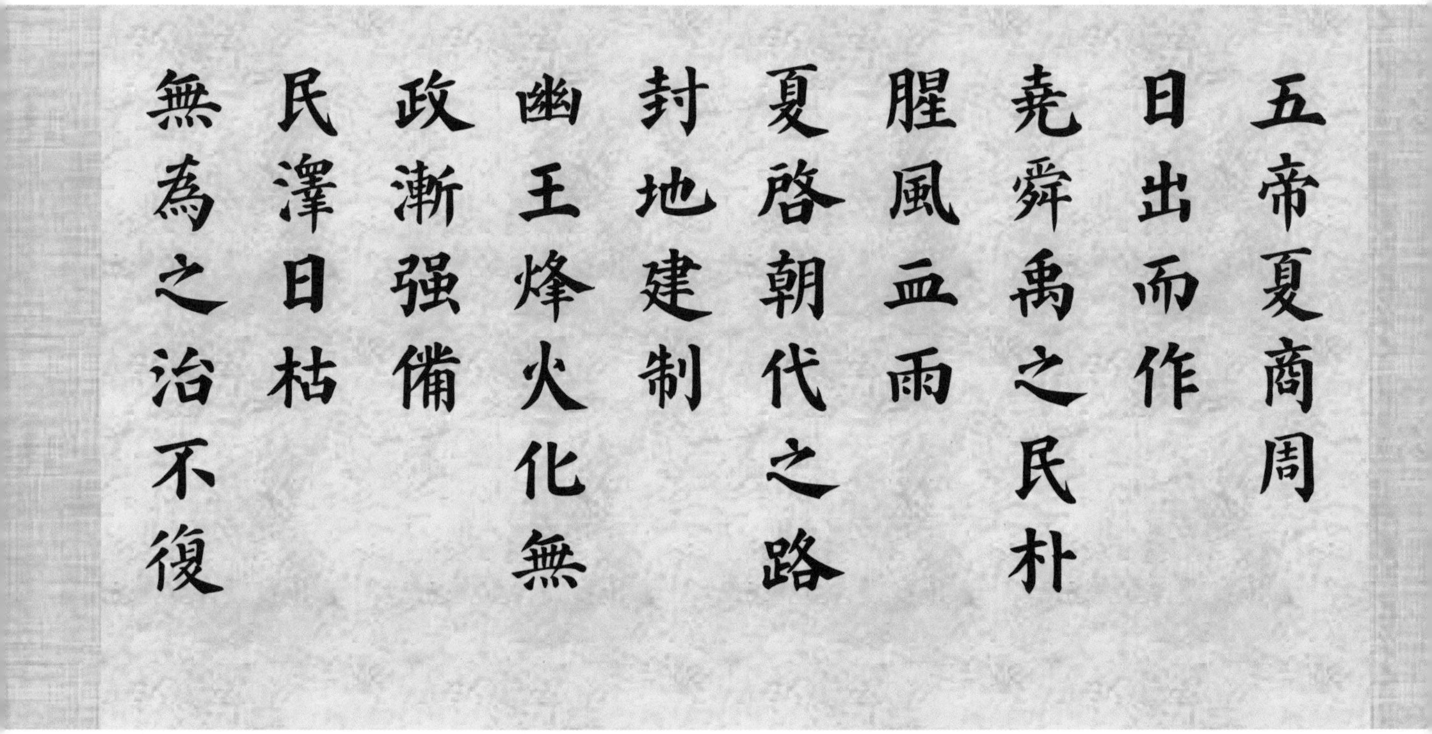
五帝夏商周
日出而作
堯舜禹之民朴
腥風血雨
夏啓朝代之路
封地建制
幽王烽火化無
政漸强備
民澤日枯
無為之治不復

第九十八章 五帝夏商周

【正文】

五帝夏商周。日出而作，堯舜禹之民樸；腥風血雨，夏啟朝代之路；封地建制，幽王烽火化無。政漸強備，民澤日枯，無為之治不復。

【白話】

五帝夏商周，大約是中華文明前 2500 年的時期。『吾日出而作，日入而息』，這樣鬆快的歌謠，顯示出堯舜禹時期的質樸；夏朝被認為是中國第一個朝代，腥風血雨的權力之爭從此拉開序幕；周朝開始分封土地來建立君王制度，但是周幽王的烽火，卻將看似擁有完備政體的西周燒沒了。這部分的歷史變遷中，看起來政治制度越來越成熟強大，但嚴厲之下對人們的管控也越來越強，人們之間的親近、幸福和信任反而越來越遠。五帝時期的政治雖然鬆散，可是人心淳樸。無為之治在後來就很難見到了。

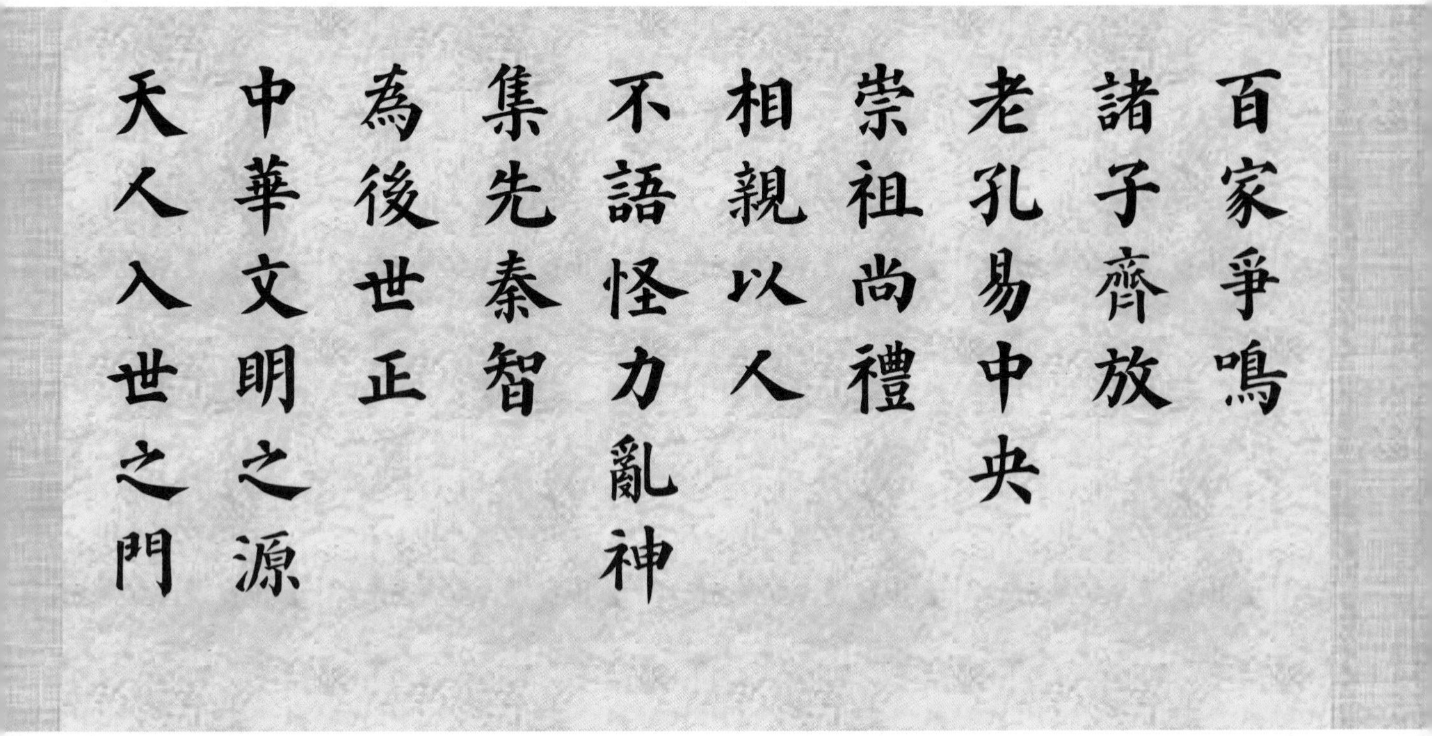
百家爭鳴
諸子齊放
老孔易中央
崇祖尚禮
相親以人
不語怪力亂神
集先秦智
為後世正
中華文明之源
天人入世之門

第九十九章 百家爭鳴

【正文】

百家爭鳴，諸子齊放，老孔易中央。崇祖尚禮，相親以人，不語怪力亂神。集先秦智，為後世正，中華文明之源，天人入世之門。

【白話】

西周失去中央控制後，中國歷史進入東周春秋戰國時期，出現了諸子百家爭鳴的局面。中國的中央概念一直比較強，中國歷史上一直充斥著中央農耕文化和周邊遊牧文化的戰爭。如果說世界的中央在中國，中國的中央在漢族，而漢族文化的中央，可說是『老子、孔子和易經』。中國傳統文化中注重崇敬祖先、崇尚禮節，注重人們之間相親，而不談怪異的事情。百家爭鳴時奠定的中國文化，總結了先秦時期的智慧，並為後世正統文化指明了方向。許多中華傳統文化都可以在這個時期找到源頭。中華文化，可以說是天上的人來到世間，首先必須學習的。

長征行急
稍遲命斷
真修路緊
輕慢人渙
花香匆匆
風光難駐
遙望根據地
稍歇哈達鋪
人間煙火
大仁漸出

第一百章　長征行急

【正文】

長征行急，稍遲命斷；真修路緊，輕慢人渙。花香匆匆，風光難駐，遙望根據地，稍歇哈達鋪。人間煙火，大仁漸出。

【白話】

過去紅軍長征時，行動得非常快，稍微遲疑一點，可能就有性命之憂；真修的人跟上進程，也得全力以赴，一旦輕慢懈怠，就會渙散而難以修煉。一心趕路時，雖然路上風光很好，但很難有空閒去感受。長征總有盡頭，走到哈達鋪時，可以稍微休息一下了，那時能遠遠地看到根據地。這時才能漸漸感受到生活氣息，這些在大仁中也會漸漸體現出來。

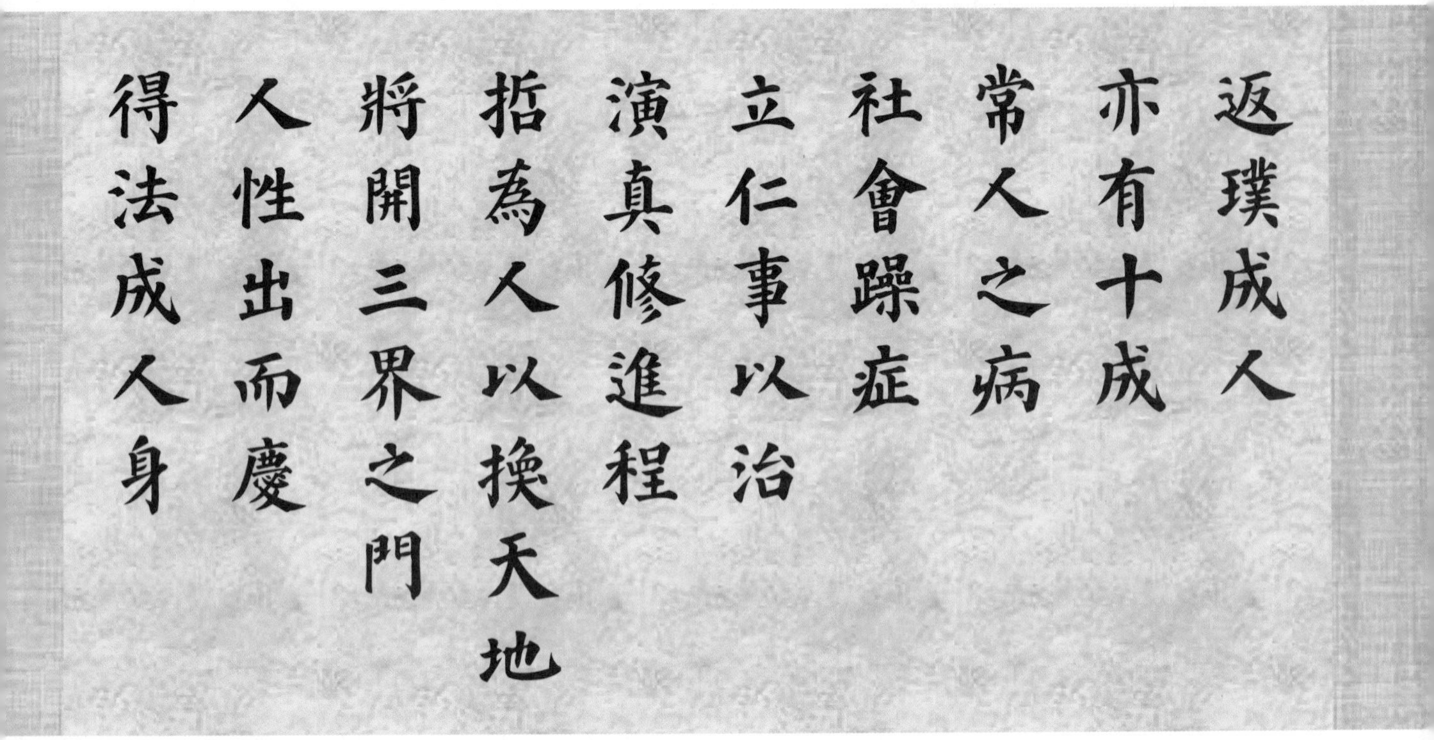
返璞成人
亦有十成
常人之病
社會躁症
立仁事以治
演真修進程
指為人以換天地
將開三界之門
人性出而慶
得法成人身

第一百〇一章　返璞成人

【正文】

返璞成人，亦有十成。常人之病，社會躁症，立仁事以治；演真修進程，哲為人以換天地，將開三界之門，人性出而慶，得法成人身。

【白話】

返璞和成人這兩篇，也有十成體現。常人得病，社會浮躁，這些是一成的表現；確立仁事大仁，這是二成；在修煉過程和歷史中，都有十成體現，這些和現在說的是對應的；經過這些過渡轉化以後，是回到人中講哲學的三成表現，接著是改造世界的四成表現；三界之門是過渡的五成表現；人性有六成的思想表現，長征路途是進程的七成表現；這裡又談到的規律是八成體現，後面整個系統完整形成後，好像形成了完整的人身，這是九成的體現；這一切都具備以後，才能走到十成的圓滿。

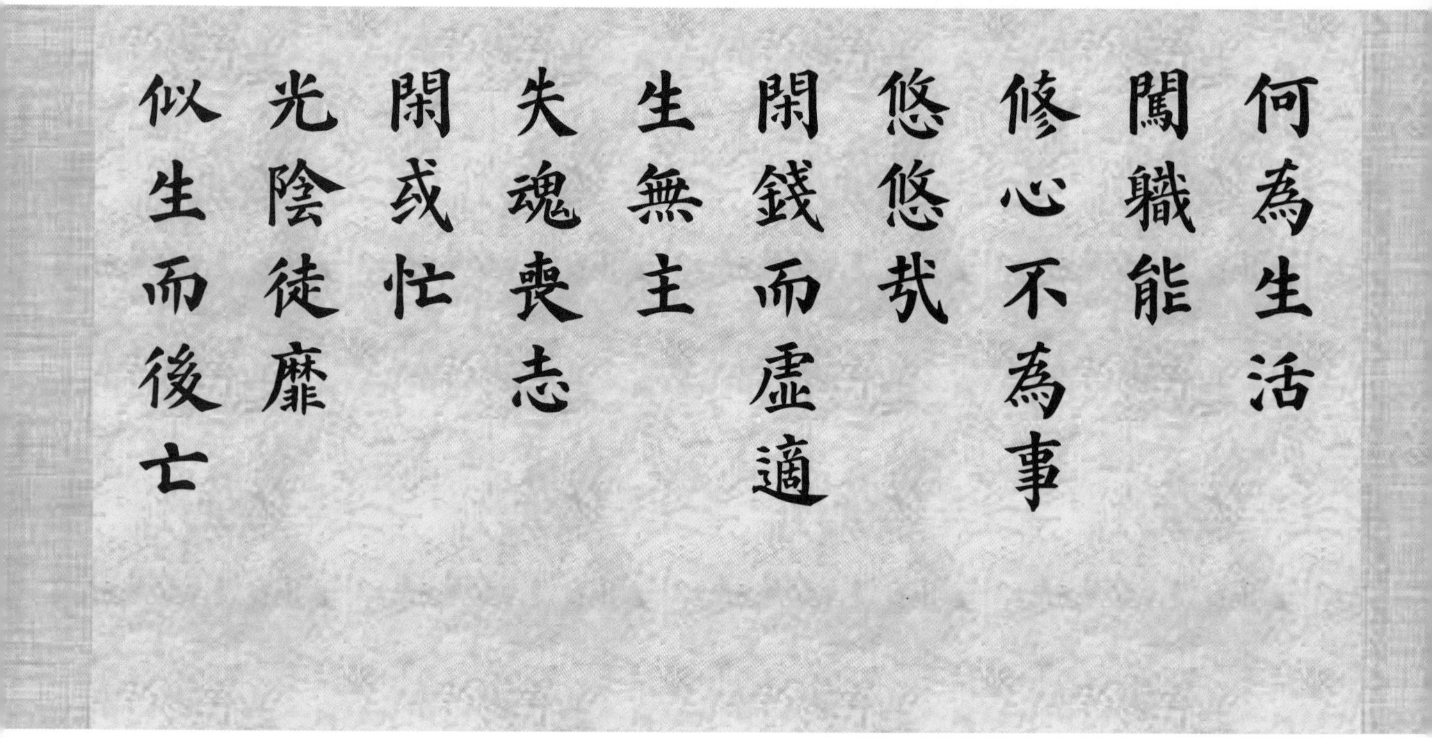
何為生活
闖職能
修心不為事
悠悠哉
閑錢而虛適
生無主
失魂喪志
閑或忙
光陰徒靡
似生而後亡

第一百〇二章　何為生活

【正文】

何為生活？闖職能，修心不為事；悠悠哉，閒錢而虛適；生無主，失魂喪志，閑或忙，光陰徒靡，似生而後亡。

【白話】

什麼是人的生活？只是做職能嗎？修煉是修心，並不是為了做事；只是優哉遊哉嗎？只是閑著或有錢，而沒有人的實質，那只是虛度光陰；生活沒有人的主題，好像失去了魂魄一樣，沒有正確的志向，這樣的話，無論閑著，還是忙著，都只是徒勞地浪費光陰，看起來像是在生活著，其實無異於等待死亡。

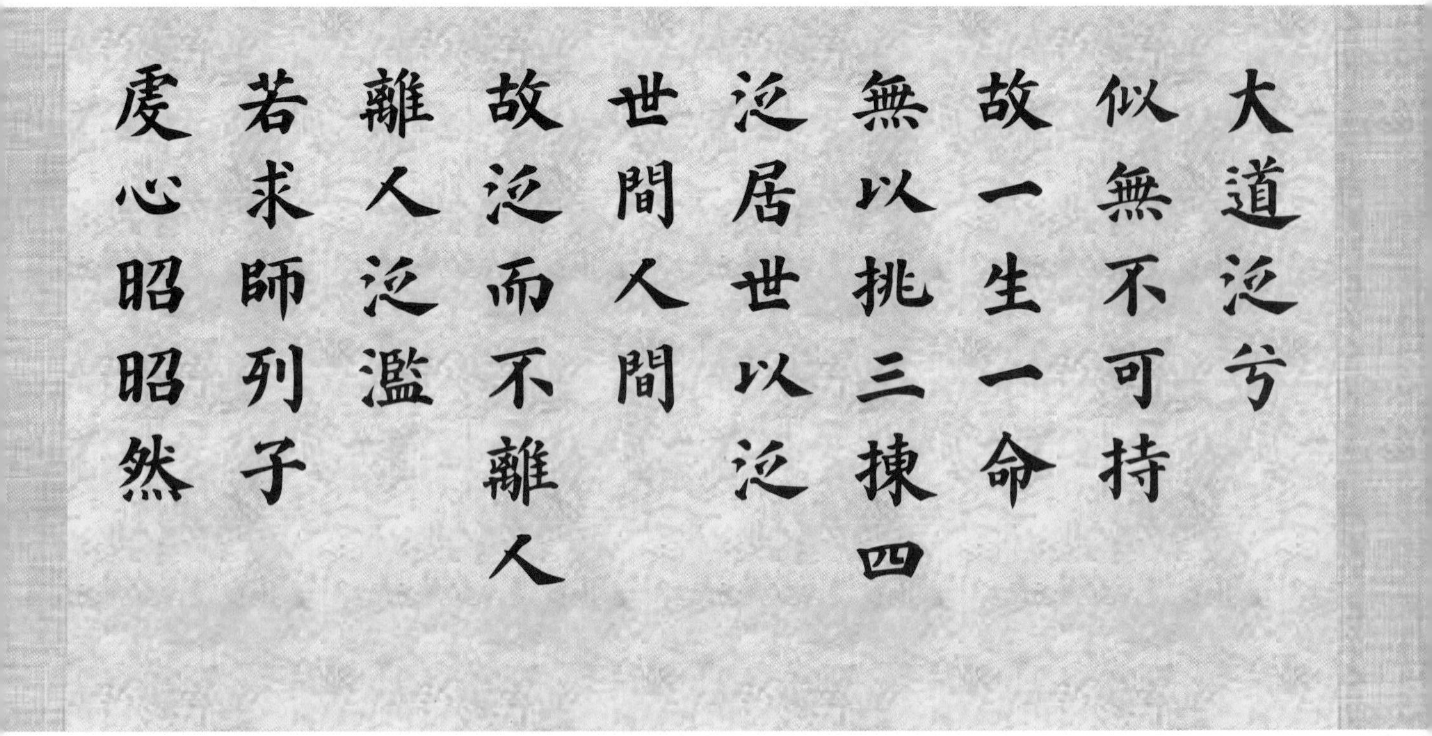
大道泛兮
似無不可持
故一生一命
無以挑三揀四
泛居世以泛
世間人間
故泛而不離人
離人泛濫
若求師列子
虔心昭昭然

第一百〇三章　大道泛兮

【正文】

大道泛兮，似無不可持。故一生一命，無以挑三揀四。泛，居世以泛。世間人間，故泛而不離人，離人氾濫。若求師列子，虔心昭昭然。

【白話】

大道很寬泛，人們常說大道無形，這樣的話，好像沒有什麼是不能用的。所以說，人完整的一生，就是自己完整的生命，在生活中不能挑肥揀瘦，每件遇到的事情，都應該用大仁標準認真地對待。大道寬泛，是大家在世間才能達到的寬泛。既然世間是人間，是人生活的地方，那麼大道的寬泛，就不能離開人去講寬泛。離開了人所講的寬泛，是氾濫而不是寬泛。所以對待真正的人，要有應有的態度，再寬泛也不能離開這一條。比如說，列子的弟子向列子求學時，直到態度很虔誠了，才能真正地開始學習。

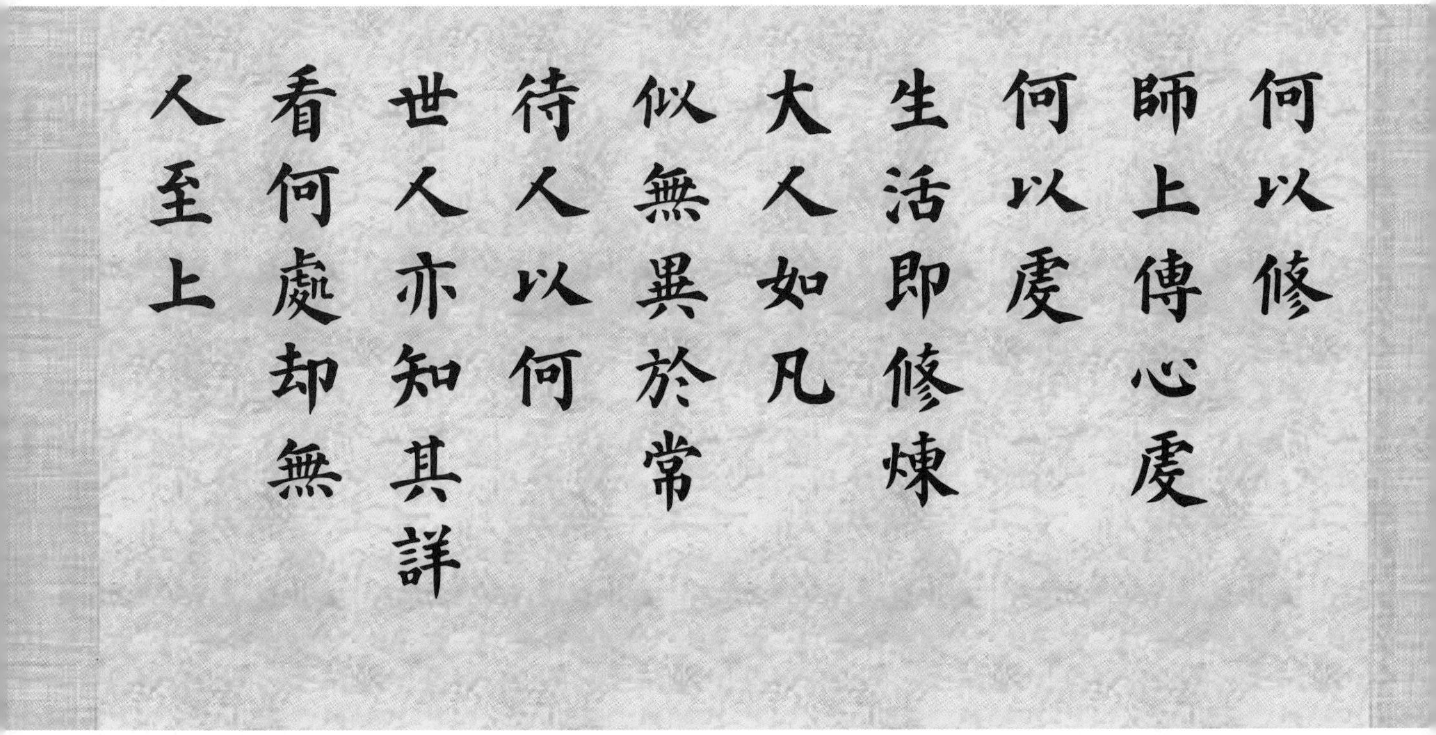
何以修
師上傳心虔
何以虔
生活即修煉
大人如凡
似無異於常
待人以何
世人亦知其詳
看何處却無
人至上

第一百〇四章　何以修

【正文】

何以修？師上傳心虔。何以虔？生活即修煉。大人如凡，似無異於常，待人以何？世人亦知其詳。看何處卻無，人至上。

【白話】

怎樣才能修煉呢？師上只對虔誠的人傳真東西。怎樣才是虔誠呢？生活就是修煉，在生活中處處都能體現出來是不是做到了虔誠。大仁的人也是普通人，看起來和一般人沒有什麼不同，那麼大家是怎樣對待真正的人，怎樣對待人們人性的一面，即使普通世人知道後，也能看得很清楚。這樣的話，大家在生活中，到底有沒有體現出來『人至上』，就很容易看得到。

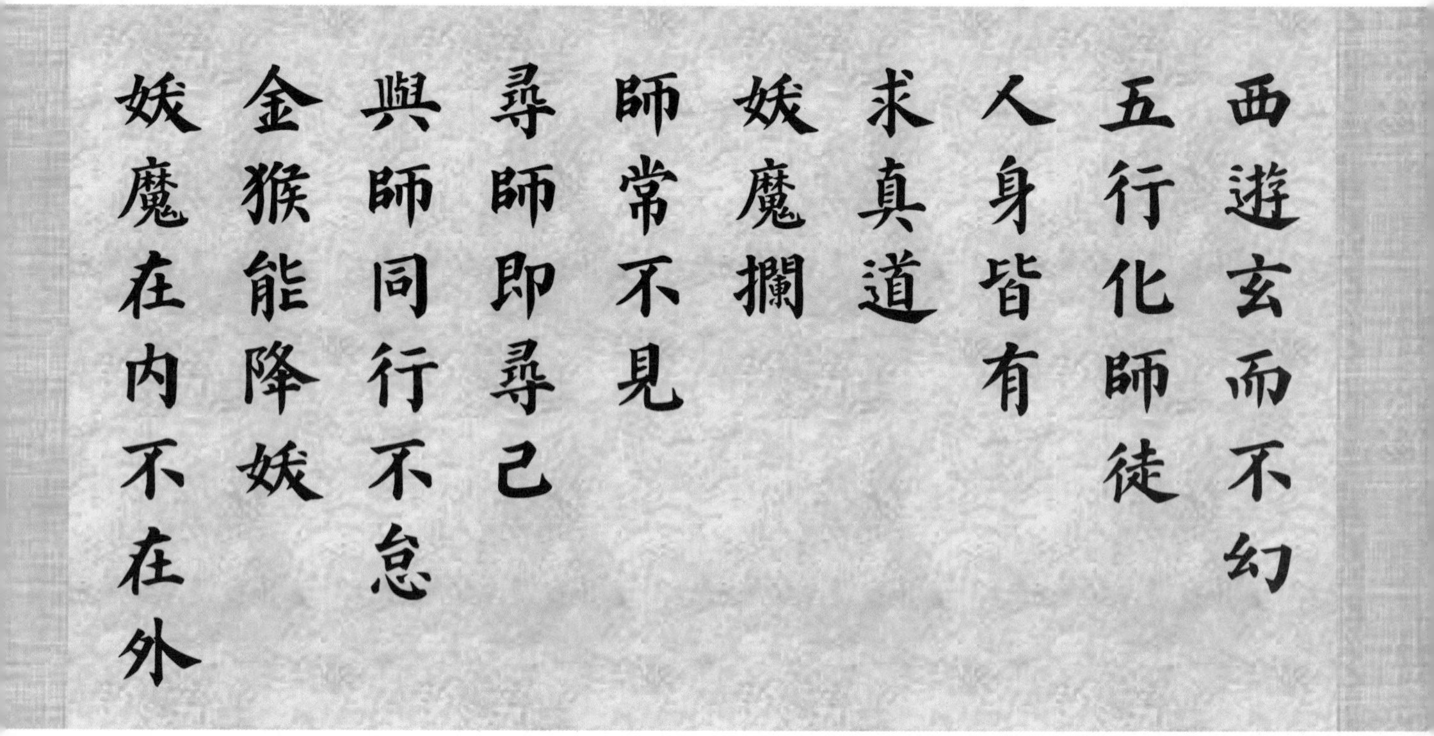
西遊玄而不幻
五行化師徒
人身皆有
求真道
妖魔攔
師常不見
尋師即尋己
與師同行不怠
金猴能降妖
妖魔在內不在外

第一百〇五章　西游玄而不幻

【正文】

西游玄而不幻。五行化師徒，人身皆有。求真道，妖魔攔，師常不見。尋師即尋己。與師同行不怠，金猴能降妖。妖魔在內不在外。

【白話】

《西遊記》講的故事，雖然很玄但不虛幻。師徒根據五行演化而來，大師兄孫悟空屬猴屬金，二師兄悟能屬豬屬水，沙悟淨直訥屬木，白龍馬屬火，唐僧居中屬土。這五行，我們每個人身上都有。踏上取經路開始求真道以後，妖魔就漸漸登場了。作為師父的唐僧，常常被妖魔抓走而不見了。尋找師父的過程，就是尋找自己的過程。只要能夠不懈怠地跟師父走下去，悟空就能和大家一起降伏妖魔。妖魔其實都是每個人自己內在表現出來的，所以不要向外找。

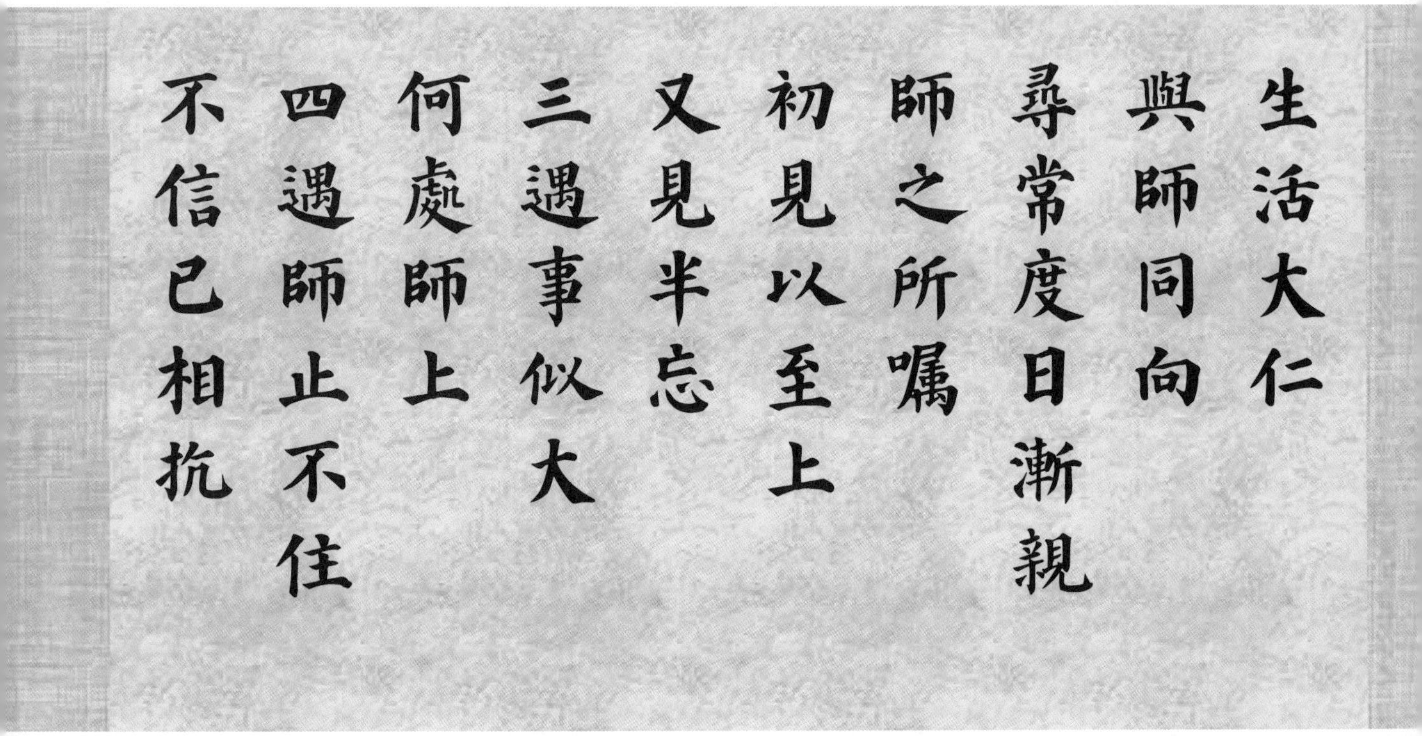
生活大仁
與師同向
尋常度日漸親
師之所囑
初見以至上
又見半忘
三遇事似大
何處師上
四遇師止不住
不信已相抗

第一百〇六章　生活大仁

【正文】

生活大仁，與師同向，尋常度日漸親。師之所囑，初見以至上，又見半忘；三遇事似大，何處師上？四遇師止不住，不信已相抗。

【白話】

在大仁生活中，和師上一路同行，大家在看起來平常的生活中，會漸漸地越走越近。有時師上囑託辦一件事，第一次見到時，還能很好地做到尊敬師上；第二次見到時，可能就把師上忘掉了一半；第三次見到時，可能只顧著忙事情了，心里已經想不起師上了；第四次遇到師上時，可能師上叫停都停不住了，那時告訴他，已經走到師上的對立面去了，他可能都不相信。

大仁生活
發乎心
不度以事
誦大仁或為他
亦或不屬
初是終非
往是今非
他是爾非
事事可屬
事事亦或不屬

第一百〇七章　大仁生活

【正文】

大仁生活，發乎心，不度以事。誦大仁或為他，亦或不屬。初是終非，往是今非，他是爾非，事事可屬，事事亦或不屬。

【白話】

什麼是大仁生活？這是從學者發出的念頭去看的，而不是看事情做得怎麼樣。即使是聽師上所說的，或者做什麼為別人考慮的事情，都和大仁生活是有差距的。如果出發點不對，那些事情都可能不是大仁生活。同一件事，開始可能還是大仁生活，做著做著就不對了，後面可能就不是了；同一件事，過去做可能是，現在做卻不是；同一件事，別人做可能是，你做卻可能不是。只要出發點對了，每一件事都是大仁生活；如果出發點不對，每一件事都不是大仁生活。

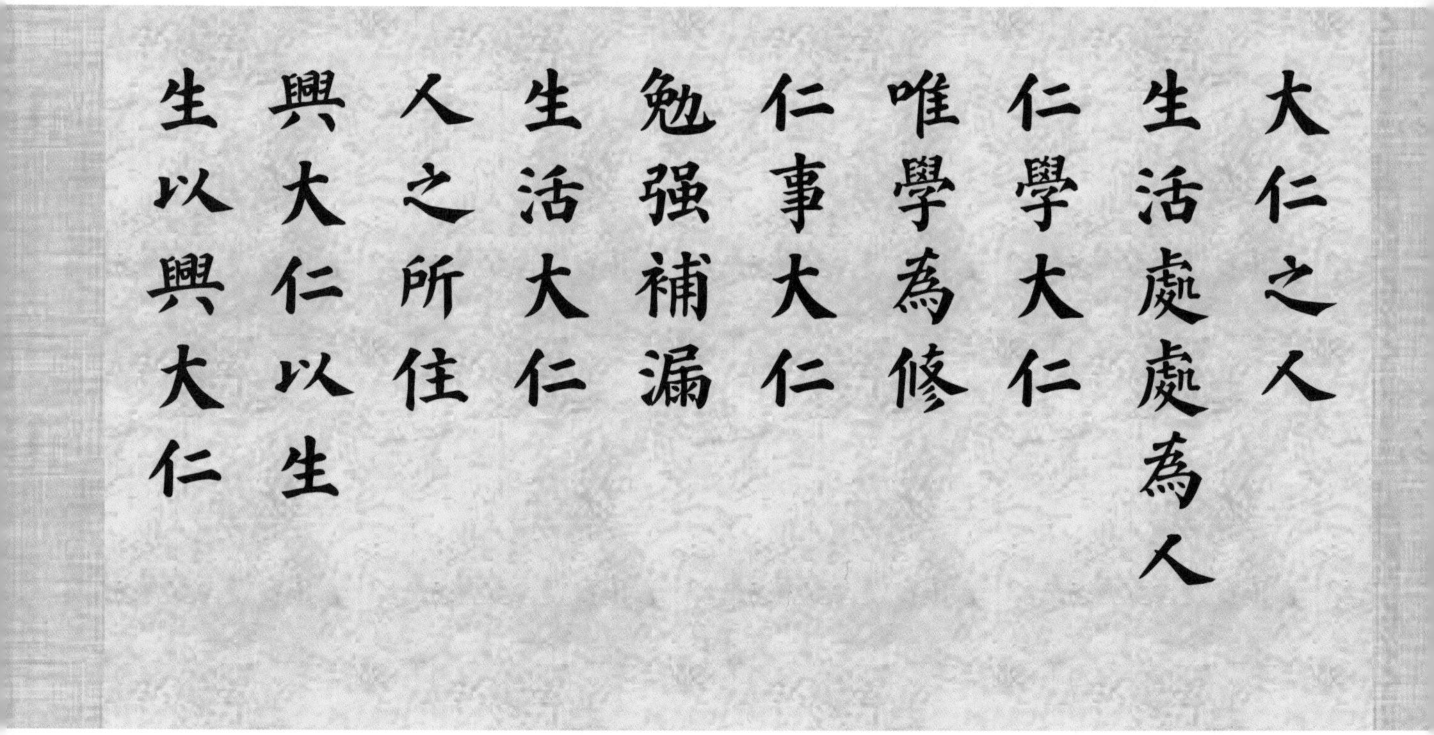
大仁之人
生活處處為人
仁學大仁
唯學為修
仁事大仁
勉強補漏
生活大仁
人之所住
興大仁以生
生以興大仁

第一百〇八章 大仁之人

【正文】

大仁之人，生活處處為人。仁學大仁，唯學為修；仁事大仁，勉強補漏；生活大仁，人之所住。興大仁以生，生以興大仁。

【白話】

成為大仁的人以後，那時的生活，處處都是為人而生而用的。仁學大仁的狀態，主要是學習，所以容易只是把學習當作修煉；仁事大仁的狀態，可以解決一些基本事情；生活大仁的狀態，才是適合人的狀態。這時的生活，已經有發揚大仁的基點了。真正的人，通過發揚大仁來改善生活，同時，他的生活也能更好地發揚大仁。

路之行

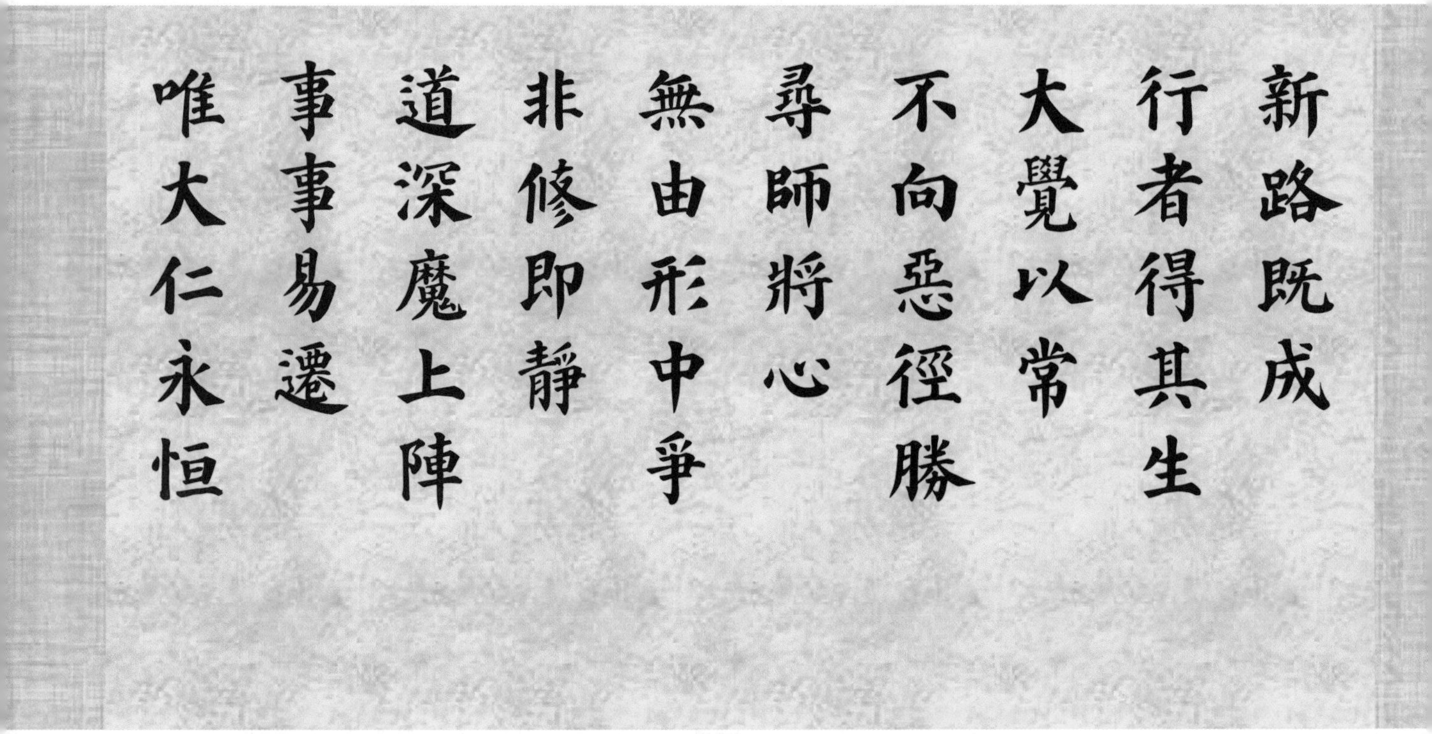
新路既成
行者得其生
大覺以常
不向惡徑勝
尋師將心
無由形中爭
非修即靜
道深魔上陣
事事易遷
唯大仁永恒

新路既成

【正文】

新路既成，行者得其生；大覺以常，不向惡徑勝；尋師將心，無由形中爭；非修即靜，道深魔上陣；事事易遷，唯大仁永恆。

【白話】

走向『人的人間』的嶄新道路，已經成就了。走在這條路上的人們，將得到新生。在平常生活中，就可以提高境界，而不是說修得越高，就得遇到更險惡的環境。找師上是指從自己的念頭中看，而不是在事情的形式上爭執。不是說修煉以後，一切就完全平靜了，而是道行深了，妖魔才會開始登場。事情往往變化無常，只有大仁標準永恆不變。

作者簡歷

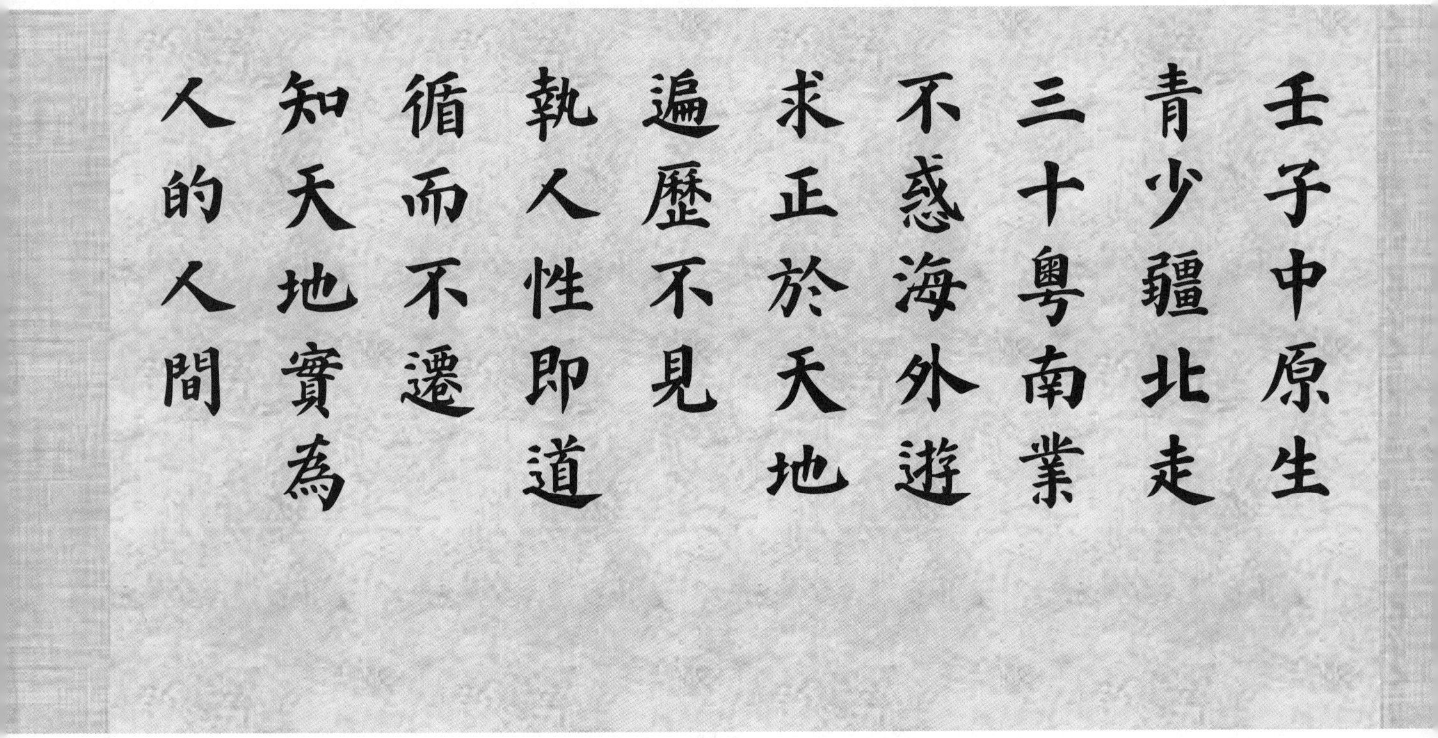
壬子中原生
青少疆北走
三十粵南業
不惑海外遊
求正於天地
遍歷不見
執人性即道
循而不遷
知天地實為
人的人間

壬子中原生

【正文】

壬子中原生，青少疆北走，三十粵南業，不惑海外遊。求正於天地，遍歷不見。執人性即道，循而不遷，知天地實為：人的人間。

【白話】

作者於壬子年在中原出生，青少年時在新疆的北方長大，三十左右在粵南就業工作，四十左右在海外生活。曾經在天地之間尋找正法門，但是到處找遍了都找不到。後來守住『人性即道』，一直不斷地探索，終於明白：這個天地實際是『人的人間』。

學之基礎

法書正文白話
各有所記
不惟對譯
三者亦三劍
故修學時
系統研習
三劍不可缺一
連續連貫
不以瑣事棄
學以此為基

法書正文白話

【正文】

法書正文白話，各有所記，不惟對譯。三者亦三劍，故修學時，系統研習，三劍不可缺一。連續連貫，不以瑣事棄，學以此為基。

【白話】

《人的人間》主要有三部分：『法書、正文、白話』。這三部分各自有所敘述，不只是對照翻譯的關係。在這三部分之間，也有三劍的關係，所以在系統學習時，這三部分都不能少，應該連續連貫地學習，不要因為一些瑣碎的小事就隨意中斷。如果遇到緊急的事，可以及時去處理。其他的可以先記錄下來，以後再研究處理，最好不要中斷連續連貫的學習。學習《人的人間》，應該以此作為基礎。